HAR KISI KO NAHI MILTA.......PYAR ZINDGI MAY

VIKAS VERMA

Made with ♥ on the Notion Press Platform
www.notionpress.com

Contents

CHAPTER ONE

The Mystry

"Sorry..... Aaj main phir ghar late se aaya. Kya kru yar time ka kuch pta hi nhi chla muje. Lakin I promise ab se tumko kabhi mere liye wait nhi krna padega. Abhi main so jata hu. Ok. Gud night sweet dream I Love You. Sapne may milte hai."

Next morning.......

Subah 9:00 AM, Police , media aur Ambulance Raj ke ghar ke bahar jma ho gyi thi. Police wale Raj ki death body Ambulance may dal rhe thy. Sabhi padoshi wahi jaati Ambulance ki taraf dekh rhe thy. Police wale padosi se inquiry kr rhe thy ki kya hua. Lakin kisi ko kuch nhi pta. Sahi log kewal itna hi bol rhe thy ki wo kai saalo se yhi akela rhta tha. Aur wo hamesha ghar late aaya krte thy. Police bhi pareshan ho gyi ki aakhir hua kya.

3 din ke baad Raj ki postmortem ki report aayi. Usme saaf likha tha ki Raj ne poison khakr apni jaan de di. Inspector Vishal kafi prshan ho gye thy ki aakhir unke sath hua kya. Esi kya mazboori rah gyi ki Raj Uncle ko suicide krna pda. Wo kabhi bhi esa nhi kr skte thy. To achanak esi kya baat hui.

Vishal evening may bar ja pahuncha. Aur chup chap khali table pr jakar beth gya. Waiter aaya " Sir aaj aap akele hi aaye ho Raj uncle nhi aaye aapke sath".

“Nahi chotu, ab wo kabhi nhi aayenge. Wo ab is duniya may nhi rhe. Aaj main akela hi bethunga. Tu mera order liya.” Waiter bhi kafi preshan ho gya aur wo chup chap wha se chla gya. Vishal ke dimag may abhi bhi wahi chal rha tha ki aakhir hua kya esa Raj uncle ke sath.

Vishal kafi der tak wahi betha. Raat ki 01:00 AM baj chuke thy. Vishal kafi wine pi chukka tha. Phir wha se wo apne ghar chala gya. Vishal ka ghar , Raj ke ghar ke samne hi tha. Wo apne ghar ki tarf badne lga to achanak uske kadam ruk gye. Aur wo Raj ke ghar ki taraf jane lga. Aur jakr Raj ke main gate ke bahar jakr khda ho gya. Vishal ko kuch bhi samaj nhi aa rha ki wo kya kry. Wo wahi par niche beth gya. Aur uski aankh lag gyi.

Morning hui to usne apne aap ko khud ke ghar par paya. Aur wo utha. “ bahout jaldi nhi uth gye aap , aapko malum hai kitna time ho gya hai. 11:00 AM bj chuke hai.”

Vishal bola “ Main to Raj uncle ke ghar ke wahi so gya tha , main yha kese aa gya. Kya tum muje laker aayi thi”.

“ Aur kon layega.. tumhari wife hu. Dekho Vishal , Raj uncle ka jane ka dard hum sab ko hai, muje bhi itna hi dukh hai jitna tumko hai. Lakin unke chale jane se jindgi to nhi ruk jati na. Hum mante hai ki aaj hum ek sath hai to Raj uncle ki wajh se hai, agar wo na hote to sayad humari shadi kabhi na hui hoti. Hum unka ehsaan kabhi nhi bhulenge. Lakin apni bhi to life hai na Vishal, please apne aap ko sambhalo. Aur pta lgao ki esa aakhir kya hua tha jo Raj uncle ko ye kadam uthana pda.”

Vishal ki wife, vishal ko himmat deti hai. Aur wo dono kai der tak chup ho jate hai. Vishal office jane ke liye ready ho jata hai aur office ke liye nikal jata hai.

Vishal office pahunchta hai to usko news milti hai ki headquarter se uska bulwa aaya hai. Wo foran police headquarter pahunch jata hai.

“may I come in sir.”

“come in Vishal, sit down.”

“Sir aapne yaad kiya muje.”

“yes Vishal. Vishal, Raj Verma ko to aap ache se jante hi hoge, wo aapke neighborhood thy aur Mumbai ke ache businessmen bhi.”

“ Yes sir”

“ To vishal , hamare head quarter ne ye decision liya hai ki unka case tum le lo. Aur unka suicide case solve kro, ki unhone esa kyu kiya. Wo Mumbai hi nhi all over world may unka business may acha name tha. Esa kya hua jiske karan unko suicide krna pada. Unke relation walo se pta kro, unki family walo se baat kro. Sayad koi clue mil jaye humko.”

Vishal thodi der chup rhta hai phir bolta hai “ Sir, main last 35 year se unko janta hu. Unki family may koi bhi nhi hai jinse hum baat kr ske. Wo kewal akele hi thy. Unki koi bhi family nhi hai. Aur hum jab bhi sath bethte thy to kabhi bhi wo apni family ka jikar bhi nhi krte thy. Hamesha kuch na kuch bol kr topic change kr dete thy. Sorry sir, unka koi bhi family ya dost nhi hai.”

“ Vishal, lakin phir bhi humko ye case solve krna padega ....media wale aur dusre country wale hum pr pressure bna rhe hai ki unko aakhir hua kya. Wo sab ye baat janna chahte hai. I don’t know vishal ki tum kese pta lgaoge. Lakin you have to do this. Because tum unke ghar ke pass bhi rhtee thy aur unko jante bhi thy. Aur ye case main kisi aur police ko nhi dena chahta. So that you have to take this case, understand vishal”.

“ OK sir, I will do it. Jitna aap logo ko unke suicide ke bare may janna chahte ho usse jyada muje bhi yhi janna hai. Thank you sir, main aaj se hi is case ko handle kar leta hu.”

“ok Vishal, muje tumse yhi ummid thi.”

" one more thing sir, muje unke ghar ka search warrant issue krwana tha, So please give me the permission."

" Ok vishal, tumko jesa thik lge tum kro"

Vishal police headquarter se nikal jata hai. Aur apne ghar pr chala jata hai. Aur haath may coffice liye balcony se city ko dekhta rhta hai. Vishal ko kuch samaj nhi aata ki wo kya kry aur kya na kry. Itne may vishal ki wife aa jati hai. " Ary aaj tum itni jaldi aa gye. Kya hua sab thik to hai na. tabiyat to thik hai na tumahari. Bahout tension may lag rhe ho tum. Kya baat hai."

Vishal thodi der chup rahta hai aur phir bolta hai " kya btau pooja, sach may kafi prshan hu, Raj uncle jab se gye hai tab se kuch thik bhi nhi lag rha. Aur upar se media wale hamesha preshan kr rhe hai.. Dusri country se bhi kafi pressure aa rha hai hum par. Aaj police headquarter ne muje bulaya tha aur unhone muje Raj uncle ke suicide case ko solve krne ko bola hai. Ab samaj nhi aa rha muje ki aakhir main kya kru. Kese unka suicide case solve kru. Unke personal life ke bare may muje kuch bhi nhi pta. Hamesha unko puchta rhta tha lakin unhone kabhi kuch nhi btaya apni personal life ke bare may. Ab samj nhi aa rha ki kha se case solve kru."

"Vishal itna preshan mat ho, itne bde bde case solve kiye hai to ye bhi case easy se aap solve kr loge. Muje aap pr pura bharossa hai. Please tum haar mat mano."

"yar tum samj nhi rhi ho. Baki case aur is case may bahout difference hai. Kher tum choro in baato ko, main bahar jakar aata hu."

Vishal apne ghar se bahr chala jata hai. Aur sochta rhta hai ki kha se start kry. Vishal police head quarter phone krta hai aur kuch police walo ko Raj ke ghar bulata hai. Aur vishal khud , Raj ke ghar ka main gate khol kr enter hota hai.

1 hour ke baad police wha aa jati hai. " Mene aap logo ko yha Raj verma ke ghar ki talashi lene ko bulaya hai. Ek baat yaad rhe , ghar ki achi se talasi leni hai. Ek ek kona search krna hai. Koi bhi document ya koi photographs mile to muje jarur btana. Unse related kuch bhi mile tum sabko to dhayan rkhna. Gate ki sill lagi hui hai, sill todo gate ki."

Police , Raj ke ghar enter hote hai. Vishal kabhi raj ke ghar nhi gya tha, wo log hamesha ghar ke bhar hi milte thy. Vishal , Raj ka ghar dekh kar heran ho jata hai. Itna aalishan ghar to sayad hi TATA & AMABANI ka ghar hoga. Sabhi police uske ghar ki talashi may lag jate hai. Vishal bhi drawing may dekhta hai ki sayad kuch na clue mil jaye. Lakin usko kuch bhi nahi milta. Vishal thak jata hai aur chair pr bheth jata hai. Vishal ghar ki walls pr dekhta hai aur preshan ho jata hai, " Kamal hai pure ghar ko dekh liya lakin kahi bhi koi bhi photo nhi hai. Kam se kam apni family may kisi ki to photo lgi hoti. Kisi ki bhi nhi hai. Esa kese ho skata hai. Kuch samj nhi aa rha ki yha koi bhi photo kyu nhi hai."

"Sir, ye budde ka to kuch samj nhi aa rha sala kese rhta tha yha. 70 saal ka budda tha aur kuch bhi nhi mila iske bare may. Main to bolta hu sir chalet hai yha se. kya hum log is budde ke piche pad gye."

Vishal ko gussa aa jaata hai ye baat sun kar.

" Mind your language , ye koi bolne ka tarika hai kya tumhara. Jinde logo ki respect nhi kr skte to kam se kam mre huye logo ki to respect krna sikho. Ab kuch bhi bola na to suspend kr dunga. Samj aayi baat. Aur chup chap apna kam kro. Jo bola hai wo kro. Ab jao yha se."

"Sorry sir, esi galti ab nhi hogi."

Pura din nikal jata hai, sham ki 6:00 PM bj chuki hai. Lakin abhi tak kuch bhi pta nhi chal paya. Koi bhi clue nhi mil paya. Vishal ko kuch document milte hai, laptop milta hai aur unka mobile bhi. Vishal sab chizo ko collect krta hai aur wha se sabhi police wale office ke liye nikal jate hai. Vishal aur uski police team sare document dekhte hai. Tabhi vishal ke team member vishal ko bolte hai.

" Sir, ye document itne sare hai ki inko dekhne may pure 7 din lg jayenge. Ye hum ek raat may kese dekhenge. Abi time bhi bahout ho gya hai. Aur kuch mila bhi nhi abhi tak. Unke ghar pr bhi to kuch bhi nhi mila tha humko."

Vishal thodi der chup rhta hai aur bolta hai. " Ek kam kro aap log ghar chale jao main aaj raat bhar yhi rukunga. Muje ye case jaldi se jaldi solve krna hai. Kyuki hum pr bahout pressure hai abhi. Main yhi pr rukta hu tum log ja skte hai ho."

" ok sir, Gud night. Lakin sir please aap jaldi chale jana."

"Don't worry. Main chala jaunga. Kal milte hai wapis Raj Verma ke ghar."

Sabhi police wale apne apne ghar chale jate hai. Lakin Vishal abhi bhi police station hi ruk jata hai. Wo dhayan se ek ek file ki study krta hai. Lakin usme se kuch bhi kam ki chiz nhi mil pati. Morning ke 5:00 AM bj jate hai. Lakin Vishal abhi bhi unhi files may lga rhta hai, lakin kuch bhi hath nhi lgta.

8:00 AM bj chuke thy. Lakin Vishal ne abhi tak haar nhi mani. Uski police ki team bhi aa gyi thi. Un logo ko samj may nhi aa rha tha ki wo police station aaye hai ya kisi kabari wale key ha aaye hai. Pura police station ek kabad ki tarh lg rha tha. Jha par bhi dekho papers ka dher lga hua tha.

" Sir, aap raat bhar se yhi pr hi ho. Aap ghar nhi gye?"

" Nhi. Acha hua tum log aa gye. Ek kam kro tum log in papers ko check kro ache se. aur main mobile ki detail niklwane ke liye jata hu. Sayad kuch mil jaye. Aur ye laptop bhi mere pass hi hai. Ok."

"yes sir"

Vishal apne team members ko instruction dekar chala jata hai. Vishal mobile call center pahunch jata hai. Usko ummid hoti hai ki sayad yha se koi ek clue to mil jaye. Vishal mobile call center ke director ke office may jakr milta hai.

" welcome vishal ji, aao. Aaj yha kese aana hua. Aap to humko bhul hi gye. Bahout time ho gya vishal ji apne ko mile huye. Bolo kese aana hua aaj."

Vishal, Raj ka mobile table pr rkhta hai. Aur bolta hai.

" Sir, main aaj aapke pass ek khass case ke liye aaya hu. Aap Mr. Raj Verma ko to jante hi thy. The famous businessman Mr. raj verma."

" yes vishal, I know that. Muje unke suicide ke bare may T.V. may dekha. Kafi dukh hua. Ache person thy. Laikin main aapke liye kya kr skta hu. Main aapki kese help kr skta hu. Aap jo bologe main wo krunga. Tell me."

Vishal , Raj ka phone unko deta hai. Aur bolta hai.

" Sir, ye Mr. raj verma ka phone hai. Main ye janna chahta hu ki ye phone kab se use ho rha hai. Aur raj verma ne aaj tak kitne kitne phone purchase kiye hai. Aur sath may call details bhi."

Director vishal ko dekhta hai. Aur thodi der chup ho jata hai. Aur lambi saans lete huye bolta hai.

" dekho vishal, jo tum jankari lena chahte ho wo bahout tough hai. Isme bahout time lag skta hai. Kyuki humko pura unka past check krna padega ki aaj tak unhone kon konsa phone use kiya hai. Ye kam itna possible nhi hai jitna tum samj rhe ho. Wese tumko konse year ka detail chaiye.?"

Ye sab sun kr vishal ko thodi himmat bhi aayi aur thoda pareshani bhi.

" Jab se mobile india may lunch hai tab se lekr abhi tak ka detail chahiye muje. Muje malum hai sir ki ye bahout muskil wala kam hai. Lakin plz help me. Ye mere case ke liye bahout jaruri hai."

Director ye sun kr bahout pareshan ho jata hai. Aur usko samj nhi aata ki wo vishal ko yes kry ya No. wo bhi bahout muskil may pad jata hai.

" vishal, jitna ho skta hai. Main tumhari help krunga. Lakin itna purana details nikalna khane ka kam nhi hai. Phir bhi main puri koshish krta hu. Iske liye muje kuch time lag skta hai. Wo time tumko muje dena padega."

" Kitna time chahiye aapko?"

" Kam se kam 6 months to lgenge vishal. Kyuki pura past may jana padega. Sab I.D. check krni hogi muje. Lakin agr Mr. Raj ne kisi aur I.D. se phone use kr rhe thy to uska main kuch nhi kr skta. Lakin aaj tak kitne phone unhone apni I.D. se purchase kiye hai aur usme kon kon si sim use ki gyi hai aur kis kis number se baat ki gyi hai wo sab pta lganae main time to lgega."

" Ok sir, muje manjur hai. Aapko jitna time lgta hai aap le lo. Lakin muje puri details chahiye. Ab main chalta hu. Jese jese aapko kuch bhi pta chale please aap muje inform kr dijiyega."

"ok vishal, I will do try my best level. Don't worry."

" thank you sir, ab muje chalna chahiye. Muje aur bhi jagh jana hai."

Vishal director se mil kr wha se bahr nikal jata hai. Aur apni gadi may bethta hai. Aur sochta hai ki agr yha se muje koi clue mil jaye to acha hoga. Lakin ye log to time bahout lgayenge. Samj nhi aa rha ki ab kya kru. Ary ha unka laptop hai wo check krta hu sayad kuch mil jaye. Vishal apni gadi start krta hai aur computer expert ke pass chala jata hai.

Computer expert aur vishal pura laptop ache se check krte hai. Lakin kuch bhi nhi milta. Raj ka mail id bhi check krte hai lakin usme bhi koi clue nhi milta. Vishal ab haar manne lg gya tha. Phir vishal wha se bhi khali hath nikal jata hai. Ghar pahunchta hai to uski wife uske pass aakr bethti hai.

"kya hua vishal , kuch clue mila Raj uncle ke bare may. Lo pani piyo phele."

Vishal pani pita hai. Aur thka hua word may usko mna kr deta hai ki koi bhi clue nhi mila abhi tak.

" Tum tension mat lo sab thik ho jaega. Thoda time do phir sab pta chal jayega."

Vishal ki wife, vishal ko himmat deti hai. Aur vishal apni aankhe band krke beth jata hai. Samj may nhi aata ki wo kya kry. Vishal achank chair se khada hota hai aur bahar jane lgta hai. Uski wife usko rokte huye puchti hai. " kha ja rhe ho vishal , aadhi raat ho gyi hai. Thoda aaram kr lo."

" Nahi pooja, mujse aaram nhi hoga. Main raj uncle ke ghar ja rha hu sayad kuch mil jaye. Tum so jana. Muje time lag skta hai."

Vishal , aadhi raat ko raj ke ghar jata hai. Vishal, ghar ke bedroom , library, drawing room sab jagh check krta hai. Sayad uske dimag may kuch chal rha ho. Lakin usko kuch nhi milta. Tabhi uski nazar ek band door ki tarf padti hai. Jiska lock lga hua tha. Vishal uska lock kholne ki bahout koshish krta hai. Lakin lock nhi khulta. Vishal ki ummid ab jinda hone lgi thi. Jo ki us band door ke piche thi. Vishal door ka lock todne ki koshish krta hail akin lock nhi tut pata. Phir wo apne team member ko phone krta hai aur Raj ke ghar per aane ko bolta hai.

Vishal ki police team 3:00 AM Raj ke ghar aa jate hai. Aur vishal wo door ko todne ka order deta hai. Police wale puri koshish krte hai aur phir achanak door tut jata hai. Vishal ke face pr thodi si khushi aa jati hai, sayad usko jis chiz ki talash thi wo sayad aaj puri ho jayegi.

Vishal aur uski team dekhte hai ki wo door ka rasta ek basement ko jata tha. Vishal aur uski team basement may chale jate hai. Wha bahout dark tha light nhi thi. Spider ke bde bde jaal thy. Vishal ye sab dekh kr heran ho jata hai. Aur sochta hai ki aaj tak Raj uncle ne basement ko lock kyu krke rkha. Ab isme esa kya hai jo basement ko lock krna pad gya. Vishal basement ki light on krta hai. Aur dekhta hai to purana kbad usko dikhta hai. Ye sab dekh kr wo aur heran ho jata hai.

Pure basement ki wo talasi leta hai , lakin kuch bhi nhi mil pata. Tabhi achank uski nazar ek tute huyi almari pr padti hai. Vishal almari ke pass jata hai aur dekhta hai. Vishal ke face pr ab ajib si smile aa chuki thi. Sayad ab usko kuch esa mil chukka tha ki uski talash puri ho sakti thi. Aur wo chiz thi Raj ke family photographs, aur kuch dairy. Wo usko lekr apne ghar chala jata hai. Aur baki ke police wale bhi wapis chale jate hai.

Vishal ghar pahunch kr pooja ko aawaj lgta hai.

" Pooja...Pooja... kha ho yar, jaldi aao. Dekho muje Raj uncle ke ghar se kya mila hai."

Vishal ki wife aati hai, aur bolti hai.

"Kya hua vishal, esa kya mila jot um itna khush ho rhe ho. Lagta hai koi clue mil gya hai tumko Raj uncle ke bare may."

" ha pooja, ye dekho inki family ka photo album...muje ye album pure ghar may khai bhi nhi mila tha. Unke ghar may ek basement hai wha muje mila. Lakin..."

Vishal bolte bolte chup ho jata hai. Uski wife puchti hai ki kya hua vishal lakin kya???

" Lakin ye pooja, muje ye lgta hai ki Raj uncle us basement may kafi salo se nhi gye. Bahout salo se band pda tha. Esa lg rha tha. Kher jane do. Aao unka photo album dekhte hai, sayad kuch mil jaye."

Vishal aur pooja dono raj ka photo album dekhte hai, jisme uski family ki photos thi. Lakin ye kya ....

"pooja is album may to kewal unke parents ki photo hai, ye sath may sayad unka brother hai aur ye sayad unki sister hai. Aakhir ye log hai kha pr...wo pta kese chalega... main kal hi in photo ko police station bhejta hu aur pta lgata hu inke bare may."

"Vishal, wo sab to thik hai, lakin ye sab kya hai sath may... ye purani dairy may kya hai.?"

Vishal aur pooja dono diary ko khol kr dekhte hai. Sayad is ummid se ki unko isme kuch kam ki chiz mil jaye.

" pooja, lagta hai apna kam ho gya hai, Raj uncle apni life ki dairy likhte thy.....ye dekho. Lakin ye dairy to bahout sari hai. Pooja ek kam kro sabse last diary check kro ki isme konsi hai... main bhi check krta hu."

Vishal aur pooja dono latest diary dekh rhe thy ....lakin kuch samj may nhi aa rha tha ki isme se konsi dairy latest hai. Kyuki is sabhi diary may year mention nhi tha. Isliye vishal ke pass ab un sabhi dairy ko padne ke ilawa aur koi rasta nhi tha. Vishal aur pooja dono milkar diary ko phele clean krte hai aur phir dhayan se dekhte hai. Lakin koi bhi dairy ek dusre se mail nhi kha rhi thi, samaj nhi aa rha tha ki konsi dairy se start kry. Phir vishal ek diary kholta hai aur usko padta hai. Aur diary may likha hota hai.............

" Aaj main bahout khush hu, jo main chahta tha, jo mera sapna tha, wo ab bahout jald pura hone wala hai. Main aaj Newyork may hu, aaj hi mera ek deal final hua hai. Ab bahout jald may us kamyabi ko chu lunga, jiska tumko intzaar tha. Bas ab kuch waqt aur. Main yha ab 2 din aur hu phir main London jaunga. Aane wale kuch saalo may mera name us bulandi ko chu lega, phir tum bhi dekhna, jo tum chahti thi wo sapna mene pura kar lunga."

Vishal ye padh kr kuch samj nhi pata ki Raj konse sapne ki baat kr rha hai, aur wo sapna kisi aur ka hai...aakhir unke is sapne ke piche hai kon.........?????

Vishal dairy ko aage continue padta rhta hai....

"main aaj bhi bahout akela hu, muje aaj Best of the World Businessmen ka award mila hai. Mere is function may sab aaye thy, lakin kahi na kahi tumari bahout kami thi. Kaash..........tum bhi yha hoti. Main apna dhayan bahout ache se rkh rha hu. Tum bhi apna dhyan ache se rkhna. Ab bas ek saal aur uske baad tumhara ye sapna bhi pura ho jayega."

Vishal ye padh kar bahout heran hota hai , kuch samj nhi aata.....Ek saal aur....???? Iska kya matlb ho skta hai. Iska matlb ye ho sakta hai ki ye dairy last year hi likhi gyi hai....kyuki Raj uncle ko award to last year hi mila tha.

Vishal diary ko padta rhta hai, ki Raj kese last 15 year se ek acha businessmen bna, vishal pure 18 din tak raj ki diary ko padta rhta hai, lakin usme usko kuch bhi nhi mil pata.

Achanak vishal ka phone aata hai.....

"hello vishal"

"Yes sir"

"Kha ho tum, itne din se tumhara koi pta hi nhi hai, Raj verma ka suicide case ka kya hua, kuch mila tumhe ya nhi, media ka bahout pressure aa rha hai, dusre country wale bhi bahout preshan kr rhe hai ki aakhir esa kya hua, wo sab log janna chate hai. Vishal please metter bahout serious hai. Jaldi se kuch kro."

"sir, main puri koshish kr rha hu, abhi tak esa koi clue nhi mila hai, Raj verma ki personal diary bhi mili hai muje, lakin usme bhi kuch nhi mila, bahout sari diary abhi baki hai, jese bhi pta chalega, main aapko jarur batunga."

"Ok vishal, All the best."

Vishal ke police head quarter se phone tha... vishal ko kuch samj nhi aa rha tha. Kyuki usne raj ki last 15 saal ki diary bhi padh li thi. Koi bhi esa clue nhi mila tha. Vishal baki ki diary bhi padhna start krta hai. Pooja bhi uska sath deti hai.

" Pooja, Raj uncle ki diary padne ke baad esa lgta hai ki wo kuch pana chahte thy, ab dekho na... Best Businessmen ka award unko mila. Aur aaj kya nhi tha unke pass, Bangla, gadi, paisa, acha business, itna name tha pure world may, lakin phir bhi unhone esa kiya kyu."

" Vishal iska jwab to puri duniya janna chati hai ki Raj uncle ne aakhir esa kyu kiya... kher tum aage padho unki dairy. Main tumhare liye coffiee lati hu."

Vishal , Raj ki dairy ko padta hai.......

"Aaj hum bahout bde ho chuke hai, hamesha dusro ko moti moti books padte huye dekha hai, lakin jab aaj jab khud ko padni pad rhi hai to bahout gussa aa rha hai. Jaruri hai kya itni moti books padhna....???

Sayad iska jawab mere pass nhi hai, life may kuch krna hai to padhna to padega hi...... :)

CHAPTER TWO

My College Life

Mere college ka first day, Wo bhi engineering college may, name sunte hi dil may ek ajib sa darr lgta hai.... Kahi fail ho gya to.... Wese bhi sari books English may jo thi....hahahahah.... darna to bnta hai. Lakin wo khte hai na himmat hai marda to madad hai khuda....bs ab ye dialog hi sahara tha mera.

College ke main gate se enter hua to sab muje dekh rhe thy......kyu....why ???

Kya main itna khoobsurat hu...... ya phir kuch aur.....????"

Vishal apni wife ko aawaj lgata hai.....pooja....pooja...yha aao jaldi.

"kya hua...esa kya mil gya tumko..?"

"pooja ye dairy dekho, Raj uncle ke college ke time ki dairy hai....bahout intrasting hoga... aao yhi betho , main tumko padh kar sunata hu."

Vishal ki wife aur vishal dono raj ki college time ki dairy padhna start krte hai.

"College ke main gate se enter hone ke baad hum sabhi freshers ko ek line may khada kar diya gya.... Main man hi man soch rha tha ki lagta hai school ki tarh yha bhi prayer wala system hoga....shit yar...yha pr bhi prayer...

Lakin ye kya ...yha to muh may sweets diye ja rhe hai...tika bhi lgaya ja rha hai...gud yar...acha hai. Lagta hai college acha hai....ragging bhi nhi hoti hogi yha...aur agr hoti hogi to...????

Tikakaran may ab mera number aa chukka tha... mere senior ne mere head pr tika lgaya aur sweet khilaya. Aur phir main andar gya. Sabhi log fasion may thy....alag hi tasan may thy.. aur main .....rajkapoor ki filmo ki trah unchi paint... shirt in ...ek dum sidha sada bacha ki trah lag rha tha... ab main apni class may gya.. jakar dekhta hu to kuch senior phele se hi wha bethe hai...mene socha ki kahi main galt class may to nhi chala gya...lakin mere dil ka wahm bahout jaldi hi dur ho gya....wo meri hi class thi..."

Main class may jakar chup chap beth gya... ek senior ki aawaj aayi...

"Hello...."

Main idhar udhar dekhne lga....

"Ha tumse hi bol rha hu... khada ho....aur idhar aa...."

Bhai sahb apni to fat gyi thi..mene socha lgta hai mere number ab lag chukka hai. Mere sath may betha hua ek student wo meri tarf dekhne lga...aur main uski tarf.. aur phir aawaj aayi..."

"Best of Luck..."

Mene usko thank you bol kar senior ke pass gya. Senior ne muje dekha, aur main pta nhi khi dekh bhi rha tha ya nhi......confusion boss....confusion..

"Name kya hai tera... intro de apna."

Dar to lag rha tha muje.. main aur dar gya...main bilkul mare huye ki aawaj may bolne lga.

" Raj... Raj verma name hai . aur main Punjab ka rahne wala hu."

Phir main chup ho gya. Itne may wha bethy ek senior ki aawaj aayi...

"Aaj breakfast kiya tha kya tune.?? Itna mery huye ki tarh kyu bol rha hai? Tej awaj may bolte huye sarm aa rhi hai kya.."

Baap re.. main to aur daar gya.. phir mene apni aawaj ka loud speaker ka volume thoda sa loud kiya....

" Thoda aur tej bol.. sunai nhi de rha."

Phir main thoda aur tej bola....

" Bhaiya mera name raj verma hai. Aur main Punjab se aaya hu."

"oye....bhaiya kisko bola... boss bol humko...yha college may jitne bhi senior hai, sab ko boss bolna hai. Samj may aayi baat."

"yes boss"

"Aur ha, intro bola tha dene ko, isko intro bolte hai kya. Name bta diya, kha se aaya hai wo bhi bta diya.... Father aur mother ka name kon padosi batyega kya?? Ab ache se intro de... sath may 12th aur 10th may kitna % bna hai, wo bhi btayega, aur hobby bhi. Samj gya ab."

" ji boss, samj gya."

Phir kya tha , ab unko pura intro do. Wese ek baat hai... ye senior log khud ko boss kyu bulwate hai, ye muje samj nhi aaya, bhaiya ka bol do... esa lgta hai jese unko gali de di ho. Wese bhi ghar ka kutta hamesha shair hi hota hai....hahahha... college hai, senior hai sale, kuch bhi bulwa sakte hai. Bahar to kon boss bolega unko....

" Boss, mera name raj verma hai, mere father ka name sandeep verma hai, meri mummy ka name geeta verma hai, mere father ki ek medical shop hai aur meri mummy house wife hai, mere 1 bhai hai aur bahan nhi hai. Main Punjab ka rahne wala hu. Aur galti se entrance exam may pass ho gya to is college may aa gya. Wese meri hobby, cricket kelna , comics padhna, song sunna aur movie dekhna hai. Bs itna hi."

Sabhi senior thoda hansne lge... phir ek ke pta nhi kya masti chadi. Bol pda ab.

" galti se is college may aa gya, kyu esi kya galti ho gyi."

"Wo kya hai na boss, jis din paper tha, us din meri bus chut gyi thi, phir main lift mangte mangte exam center pahunch gya. Phir wha paper aaya to kuch samj nhi aa rha tha ki in sab ko solve kese kru to mene apni aankh band krke paper solve krke aa gya. Phir result aaya to main galti se pass ho gya."

"kitna rank bna tera..?"

" Boss, 7521 rank bna mera."

"ok, rank to thik hai tera, acha faltu baat band kr, aur abhi jo tune intro diya na wo wapis de."

"ok boss, mera name raj verma hai, aur mere...."

"ary rook...."

Main to daar hi gya tha ki achanak boss ko kya ho gya, khud bolta hai ki intro do ab khud bol rha ruk... samj may nhi aata ki ye log jyada confuse hai ya phir main jayada confuse hu...kher wo situation hi esi hoti hai ki koi bhi nhi samj pata...

"hindi may nhi , humko English may apna intro de, samja, English may. Ab bol"

English may....!!! Lag gye ab to...bolna hi padega ab to wo bhi English may..

"Boss..My name is raj verma....My father name is sandeep verma...."

"ruk do mint...ye kya tarika hai .. father ke name ke aage Mr. kon main lgaunga kya. Aur itna atak atak ke kyu bol rha hai.. jaldi bol"

Fas gye yar aaj to bahout bure... ye college may kyu aaya... esi konsi ghadi thi ... lagta hai hindi samj nhi aati sayad inko...

" Boss, My name is Raj verma and my father name is Mr. sandeep verma, my mother name is geeta verma. I have 1 brother and no any sister. My father is shopkeeper of medical shop. And my mother is house wife. I am from Punjab. And my hobby is playing cricket, reading comics, watching movie and listening songs."

Ek lambi saans li mene.. badi muskil se English boli yar.. pasine hi aa gye.

Kasam se yar.. logbag English kese bol lete hai..??

"ok, song sunna pasand hai tuje... chal ek song suna."

"Boss, sorry . ganna nhi aata muje."

" Ganna to tuje padega....soch le."

Kya sochu ab...Ganna... aur wo bhi main...puri class may, sabke samne...lag gyi yar aaj to.. kya kry ab. Ganna ga hi deta hu. Kam se kam picha to chutega. Jese hi gaana gane lga...itne may hamare class teacher class may enter huye.. aur sabhi boss log class ke bahar... bach gya aaj to.

Phir teacher ne hamara intro kiya.. aur study may lag gye hum. Lunch time hua. Mere sath jo student betha hua tha. Wo aur hum jaldi se bahr chale gye. Aur jakar college ki parking may beth gye. Dusro ki bike thi sab...aur dusro ki bike pr bethne ka mza hi kuch aur hai. Hai na....hum log aapas may baat krne lge. Sabse phele intro se start kiya humne.

"yar hum log yha aakar kyu bethy hai... class may kyu nhi hai?"

"dekh bahi .. class may bethega to wo boss preshan krenge...isse acha hai apne yhi beth jate hai. Wese tune apna name kya btaya tha.??"

" mera name raj hai.. raj verma aur tera name...?"

" mera name Rajkumar hai, main yhi delhi ka rahne wala hu. Mere bde bhai bhi engineer hai. Wo kai bar btate hai ki ye boss log kisi bhoot se kam nhi hote hai. Isliye bach kar rahne may hi apni bhalai hai. Samja."

"Ha samj to gya."

Phir hum log dost ban gye thy... sath sath pura din rahe.. ab college ka off hone ka time bhi ho gya tha. Hum log jakar bus may beth gye thy. Main aur Rajkumar dono sath hi bethy thy. Tabhi boss logo ne bus may enter kiya..

"Tum dono to first year may ho na..yha kese bethy ho, chalo khade ho jao. Saram nhi aati boss khade hai yha, aur tum log seat pr bethy ho."

" ok boss, aap hi beth jao. Hum khade ho jate hai."

Ye thi boss hone ki dadagiri...har kutte ka din aata hai...mera bhi kabhi aayega... tab main bhi itna hi rob marunga... don't worry abhi to beth hi jao aap. Bas yhi soch kar apne dil ko khush kar rha tha. Tabhi ek boss ne aawaj lagai.

" hello, idhar aao yha..."

Hum log unke passs gye. Aur jakar khade ho gye.

" name kya hai tera..."

"Boss, My name is Raj verma and my father name is Mr. sandeep verma, my mother name is geeta verma. I have 1 brother and no any sister. My father is shopkeeper of medical shop. And my mother is house wife. I am from Punjab. And my hobby is playing cricket, reading comics, watching movie and listening songs."

" Aby ye kya tha...mene to name pucha tha... pura intro thodi na pucha tujse.. tune to teri puri ramayan hi suna dali."

"Wo kya hai boss, aaj pure din se sabhi ko intro de dekar muje ye yaad ho gya. Ab koi bhi mera name puchta hai to main pura intro hi de deta hu."

"Shaktimaan hai kya tu....jo name pucha to pura address hi bta dala."

"Nahi boss....sorry."

Tabhi ek ladki boli. Wo bhi senior hi thi.

" Koi poem aati hai kya tuje.."

Mene kuch galt suna sayad, Poem.... Poem kese aati hogi yar, wese bhi ye ladkiya jo hoti hai, bachpan may dadi sulate time poem sunati thi, phir thodi badi hui to Maa sunnane lgi, ab aur badi ho gyi , aur abhi bhi poem....bhagwan kya hai ye..kher bhagwan ko bhi kya dosh du.... Wo to khud nhi samj paye aaj tak ladkiyo ko..

" Nahi Miss boss... koi poem to nhi aati..."

" Kyu bachpan may koi bhi poem nhi padi tune...."

"Padhi to bahout thi... lakin ab yaad nhi miss boss.."

" gud.. ab to muje poem hi sunna hai.. chal start ho ja."

Mar gya yar...ye senior log kisi machhar se kam nhi hote .... Picha hi nhi chodte sale. Phir mene poem sochna start kr diya. Ki konsi sunau. Phir ek poem yaad aayi.

" Miss boss, ek poem yaad aayi hai, wo sunau..."

" ha suna."

" Machli jal ki rani hai, jeevan uska pani hai...."

"ek min ruk..ese kya suna rha hai. Sath may acting bhi kar..."

Hey bhagwan, utha le...muje nhi in senior ko utha le...hitler kahi ke.. poem se pet nhi bhar rha to ab sath may iski acting bhi kro.. karna hi padega.. phir kya tha. Sath sath may poem sunao aur uski acting bhi kro.... Main to ho gya start..

" Machli jal ki rani hai, jeevan uska pani hai,
Hath lago dar jayegi, bahr nikalo to mar jayegi,
Cooker may dalo to pak jayegi,
Phir pet may dalo to pach jaegi..."

Sabhi senior jor jor se hansne lge...aur main chup chap khada rha. Itne may mera stop aa gya tha.

"ok boss, ab mera stop aa gya hai, muje jana hoga."

"ok raj, wakai acha tha tera poem...kal milte hai."

Main bus se niche utar gya. Bahout rahat mili, ek chain ki sans li mene. Phir main room par chala gya. Dhere dhere ese hi time niklta gya. Ab senior log preshan nhi krte thy muje, muje bhi mza aane lga tha. Ek din main ese hi college may ghum rha tha akele. Tabhi achanak...

" Excuse me,..."

Ek aawaj aayi, mere samne se ek ladki aayi, meri nazar us par nhi gyi thi. Main phir ruk gya.

" yes, bolo."

" ye first year ki class kha par hai, aap bta skte ho.?"

"first year may bhi 4 section hai, aapko konse section may jana hai."

" ji ye to pta nhi muje, mera college may aaj first day hai. Can you help me?"

Ab koi help mange mujse, to main kese mna kar sakta tha, wo bhi koi ladki help mange to bilkul bhi mna nhi kar skta tha.

"Aap ek kam kro, aap yha se sidha jao, phir left jana, wha 2 classroom chor kar jo room aayega, usme chale jana, wo first year ki class hai, section C ki."

" Ok , thank you."

Bde hi pyar se us ladki ne thank you bol diya, aur wo chali gyi, main bhi chup chap jha ja rha tha, wahi chala gya.

Mene morning se ek bhi class attend nhi kit hi, pura din rajkumar aur main masti krte rhe senior ke sath ghumte rhe, kyuki kuch senior ache thy to hum unki gang may samil ho gye, bahout mza aata tha un logo ke sath rahne may. Phir ese hi hum log senior ke sath bethy huye thy, sath may miss boss bhi thy, ab main unko miss boss nhi bolta...Machali boss bolta hu....hahahhaha.

" Ary raj, aaj yar bahout bour ho rhe hai, chal aaj teri regging lete hai, teyar ho ja."

" kya boss, 4 month ho gye, ab to chor do yar, ek kam karte hai , aaj hi ek ladki aayi hai, first day hai uska aaj, uski regging lete hai.."

“ ha ye idea thik hai , chal.”

“ Lakin ek sart hai boss.”

Sart ka name sunte hi sabhi boss ki hawa tite ho gyi thi, kyuki mene sart may sabhi boss ko hra jo diya tha. Raj is always great......

“kya sart hai ab teri, dekh aaj kisi ke bhi pass paise nhi hai. Free may sart lga rha hai to bol.”

“ Kya boss, jab dekho to paise ka sochte ho, free may hi hai, sart ye hai ki aaj main regging lunga, aap log dusre baccho ke sath time pass krna.”

“ ok, aaj tu le. Khush”

“ yes boss.”

Ab hum log nikal pade regging ke liye. Class room may pahunche to 2-4 hi student thy, meri nazar usko dund rhi thi, lakin wo dikh hi nhi rhi thi.

“ ab kya hua, kya soch rha hai?”

“ yar boss, main uski sakl bhul gya hu, malum hi pad rha ki inme se thi kon wo. Sabhi ladkiyo ki sakl ek jesi hai.”

“ aby tu pagal hai, sab ladkiyo ki sakl ek jese kese ho skti hai, dhayan se dekh.”

Main dhayan se dekhne lga. Tabhi ek ladki ne muje dekh kar smile mara. Main samj gya, wo hi hai. Main uske pass chala gya. Wo lunch kr rhi thi.

“ Lunch kar rhi ho.”

“ ji ha, lag to esa hi rha hai muje ki main lunch kar rhi hu. Wese thanks, aapne muje class ka bta diya.”

“ your welcome. Wese aapko sayad malum nahi, main aapka senior hu.”

Wo ladki ko jese shock lag gya tha, wakai uska face dekhne layak tha. Uske hath may jo khana tha, usne foran wo chor kar mere liye khadi ho gyi.

“ Sorry boss, muje malum nhi tha.”

"Koi baat nhi, acha apna intro do, wo bhi English may, bina ruke, aur jitni bhi bar rukogi, wapis suru se apna intro dena padega, ab start kro."

Wo thoda sa ghbra gyi thi. Lakin phir usne apna intro jo dena start kiya to mere hosh udh gye thy.

"Boss , My name is Rashmi Sharma, my father name is Mr. Mukesh kumar Sharma & my mother name is Mrs. Anjali Sharma, we are living in delhi from 20 years, my father is a govt. employee and mother is house wife. I have 3 sisters and no have any brothers. My hobby is listening old songs and watching movies, and reading books."

Yar ye kya..bina ruke English may intro , wo bhi itna acha, great yar. Ab to muje sarm aane lag gyi thi. Itne may hi sara kam bigad gya....

" Raj , kya kar rha hai, next class english ki hai, grammer slove kar li kya, kar li ho to de de yar."

Beda garg ho tera sale. Rajkumar tha wo kamina. Ab main rashmi ki sakal dekhu aur Rajkumar ki , samj nhi aa rha kya kru ab.

" ohh to aap boss hai, boss aapka name kya hai, muje bhi malum padhna chahiye na ki konse boss ne meri regging li hai."

"hahahahaha....ary ye koi boss nhi hai, apna classmate hai, Raj name hai iska."

" Sorry yar rashmi, esehi ... wo senior ne muje bola tha. Wo meri regging le rhe thy, bol rhe thy ki jao us ladki ka name puch kar aao. To ab main kya karta, boss hai na wo log... aur rajkumar tuje to malum hi hai na boss log kese kamine hote hai."

Rajkumar ko dhere se mene aankh mar di. Rajkumar bhi samj gya tha.

" Ha rashmi, ye boss ne hi bola hoga. Mera name Rajkumar hai. Meri electronic branch hai aur tumhari konsi hai.?"

" Meri branch bhi electronics hai. Kher koi baat nahi, mene bura nhi mana. Its ok. Aao lunch kro."

"meri bhi electronic branch hai. Matlb next year sath may hi honge....hahhaha"

Phir hum log baat krne lag gye, hasi mazak karne lag gye, lunch time khatam ho gya tha. Ab hum apni class may chale gye. Aur thoda sa study krne lag gye. Main, Rajkumar aur rashmi ek dusre ke ache friend ban gye. Hum log lunch sab ek sath krte. Aur sabse kamal ki baat mere fayda ho jata. Kyuki rajkumar apne ghar se lunch box lata tha, aura b rashmi bhi lunch box lati thi. Muje bhukha nhi rhna padta tha. Time ese hi nikIta gya, wo achi lgne lgi thi, hum class may nhi bethte thy, only library may bethte thy. Study krne ke liye nhi...bate krne ke liye. Pura pura din hum log library may nikal dete thy...esi baat nhi hai study bhi bahout krte thy.

Practical ka bhi time aa chukka tha, aur file bnao...bda boring kam hai yar sach may. Mene rashmi ko ek din bola.

"Rashmi, yar meri file to bna de, mujse banti nhi hai file, kyuki meri writing to tuje malum hi hai, bechara teacher behosh na ho jaye kahi."

"acha, main teri file bnaungi to meri file kon banayega?"

" yar teri sisters kab kam aayegi... unko bol na. wo help kregi teri. Wese bhi teri sisters karti kya hai pure din... gahr par hi rhati hai. Thoda file bna degi to kya ho jayega. Please yar bna de, please."

" Acha thik hai bna dungi, lakin iske bdle muje kya milega??"

" kya chahiye ab tuje, party le lena chal meri tarf se, ok.?

" done, kal tuje teri sari files mil jayegi."

" Kal hi.."

" ha kal hi, 6 file hi to bnani hai na, isme kitna time lgega. Bna dungi, bas tum party ke liye apni jeb dhili krne ko teyar ho jao."

" sach may yar, bahout selfish ho tum, bhukkad hi ho tum party ke liye."

" wo to main hu hi."

Phir kyat ha, party to deni padegi, file jo banwani thi, lakin main bhi kam nhi tha. Main bhi ready ho gya. Aur rajkumar to janta hi tha muje. To hum log hansne lge. Ab next din aaya. Morning may rashmi aayi mere pass. Aur 12 files table ke upper lakr rkh di. Main un file ko dekh rha tha aur rashmi ko, phir rashmi ko dekh rha tha aur phir rajkumar ko. Main wakai shock ho gya tha.

" Ye lo file ready ho gyi hai tumhari. Ab party do chalo, mene raat se kuch nhi khaya hai."

"Party to le lena , lakin ye itni sari files kiski hai? Aur kiski bnayi hai tumne file.?"

" Tumhari file bnaungi to rajkumar ko bura lgega na, isliye uski bhi bna di file, aur phir muje bhi to double fayda hoga na. double party jo milegi muje."

" sach may yar, wakai bhens hai tu..."

" Kya bola... wapis bolna jra."

" Mene bola ki tu wakai mother Teresa hai. God hai tu...."

" Nahi kuch aur bola tumne....bhens bola muje, hai na."

"to aur kya bolu, apna fayda dekhti ho tum, rajkumar ne bola hi nhi, phir bhi file bna di."

"Ary raj, kya ho gya to, acha hai na muje bhi file nhi bnani padi, chal party dete hai tuje."

Phir main, Rajkumar aur Rashmi teeno party ke liye sham ko ek restro may gye. Restro acha tha. Rashmi jeans aur top pahn kar aayi thi, phalli bar wo muje achi lag rhi thi, us din mere dil may sayad kuch ho rha tha. Phir rajkumar bhi aa gya. Hum teeno restro may beth gye. Waiter ko bulaya. Waiter aaya.

" Yes sir"

Main bola. " Bhaiya menu card lana."

Waiter menu card laya. Aur lakar muje de diya. Mene menu card pdha. 5 min tak dekhta rha, phir card rajkumar ko de diya,

"Yar muje mat de, tuje jo order dena hai wo mangwa le."

" rajkumar , kuch samj hi nhi aa rha ki kya order kru. Tu hi de de order."

"Party lene wala hai?"

Rashmi ne hamare natak dekh kar usse rha nhi gya, aur phir wo bol padi.

" matlb??, party lene wali to tum hi ho."

"ha to order bhi main hi krungi, lao idhar menu card, main order krti hu."

Mene wo menu card rashmi ko de diya tha. Usne kewal ek min dekha. Aur phir waiter ko bulaya. Mene socha, yar raj , ladki hai, to dal aur roti hi mangwayegi, chalo saste may kam ho jayega. Mene rahat ki sans li. Waiter aaya. Aur phir rashmi ne order diya.

" yes madam, kya lau?

" ek kam kro, ek large onion pizza, 3 coke, 3 choclate pastry le aao."

"Any thing else madam."

" No"

Waiter order lekar chala gya, aur main rashmi ko dekhte rah gya, pizzaaaaa... ye konsi sabji aa gyi yar, phele to kabhi nhi suna ye name. menu card dekhna tha, lakin sala waiter, kya bolu usko, menu card lekar hi chla gya. Meri halat esi ho rhi thi ki main puch bhi nhi sakta tha ki ye bhai pizza konsi sabji hai...

Mene himmat karke rajkumar ke kan may usko pucha.

"Rajkumar, yar ek baat bta, ye pizza konsi sabji hai? Phalli bar name suna hai mene. Tu janta hai kya pizza ko.?"

Rajkumar jor jor se hansne lga. Ye aaj marwayega sala, bejjati krwa kr hi chodega meri. Rashmi bhi heran thi ki raj ne esa kya bola rajkumar ke kan may.

"kya hua rajkumar, raj ne kya bola esa jo tum itna hans rhe ho."

" hahahahha....kuch nhi...rashmi tum sunogi to tum bhi hansne lagogi...hahahha"

"Bhai mere ab chup bhi ho ja, kyu bejjati krwa rha hai meri."

"Nhi yar ye baat to rashmi ko jarur btaunga."

"ek kam kar phele hans le ... khane ki kya jarurat hai tuje. Pet to tu hans ke bhi bhar sakta hai..."

" rashmi tuje malum hai.."

"tu chup ho rha hai ya nhi....warna teri bhi baat bta dunga sale, soch lena."

"konsi baat..?"

"soch le abhi bhi.... Baad may mat bolna."

"tu chor yar, acha sun rashmi, mujse raj kya bolta hai malum hai. Bolta hai ki ye pizza konsi sabji hai....hahahahaha....tune kbhi khai hai kya....pizza ko sabji samj rha hai....hahhahaha"

Ab to kya tha.... Ijjat ka faluda ho gya tha mera. Rashmi aur rajkumar dono jor jor se hansne lge... jab tak pizza nhi aaya tab tab tak in dono ne mera hi pizza bna dala. Sach may kuch logo ke pet may baat nhi pachti...

" kya raj, tumko pizza nhi malum, khakr dekho aaj, tumko acha lgega...hahahah"

"ha tum bhi hans lo muj per. Ab ye kami rah gyi thi. Hanso ...hanso..mera kya hai."

Pizza aa gya, 3 coke aur pastry bhi aa gyi, ab hum aaram se kha rhe thy. Yar sach may pizza acha tha. Mze to aaye, lakin jyada mza to ab aane wala tha...hahahaha...

" Rajkumar, mera ho gya, main toilet jakar aata hu."

"ok, acha ruk main bhi chalta hu, muje bhi jana hai."

"Tum dono ko kya sath may toilet lga hai kya, jaldi aana. Main akeli yhi bethi hu."

"bs jaldi aa rhe hai, wese bhi tuje kon utha kar le jane wala hai moti..."

" shut up, raj."

"acha aate hai hum abhi."

Rajkumar aur main toilet gye. Aur jakr khade ho gye ek jagh. Aur ek dusri ki sakl dekhne lge.

"sale pizza, bolna jaruri tha rashmi ko. Ab wo kya sochegi mere bare may, ki muje kuch malum hi nahi hai. Galat kiya rajkumar tune."

"Yar raj, naraj mat ho, wo to mazak tha, acha sun ab. Paise laya kya tu.?"

"Pagal hai kya, mere pass kha paisa hai, kal sare paise to canteen may lag gye thy, 100/- hi thy, aur wese bhi month end chal rha hai, mere pass paise kha se aayenge, tere pass kitne hai.?"

" 10/- aur ye 3-4 coin hai , inko add kiya to 16 /- hi hote hai. Tere pass sach may nhi hai kya."

" sahi bolu, mere pass kewal 50/- hi hai. Mene socha ladki hai, dal aur roti hi khayegi, muje kya pta ye pizza aur faltu ka bhi saman mangwa legi, wese total bill kitne ka hoga.?"

"Mere hisab se 500/- cross hoga."

" Marwa diya... ab ek kam kar, tu bike laya hai na, tu bike start kar, main aata hu abhi."

" Aur rashmi ka kya....!!!!"

"Aby usko chorr , wese bhi wo Jhansi ki rani hai, usko kal mna lenge, tu abhi ja jaldi, bike start kar."

Rajkumar wha se chala gya aur bike start kar li, main chup chap nazre bchata hua waiter ke pass gya aur usko bola " bhai sun wo hamare sath jo ladki hai na usko mast wali ek ice-cream de de, jab tak hum aate hai, wo wahi bethi hai."

Main fta fat wha se nikla aur rajkumar ki bike par beth kar chala gya. Aur wo bechare waiter ice-cream lekar rashmi ke pass gya aur usko ice-cream di.

" ice-cream kisne order ki, mene to nhi ki."

"Madam wo aapke sath may jo thy, unhone order ki."

"Aur wo dono kha hai?"

"Madam wo to chale gye..."

"Chale gye.....kha chale gye, wo to toilet may gye thy na."

"Ha madam phir wo muje aapko ice-cream ka dene ka bole aur bole ki bill bhi table par de dena, madam pay kar degi."

Ab to boss rashmi ka face dekhne layak tha..bda gussa aa rha tha usko. Aur hum log to dur se dekh rhe thy ki wo kab niklti hai. Karib 5 min baad wo restro se nikli, baap re aap, bade gusse may lag rhi thi....Raj tera kya hoga kal. Kal to tuffan aayega. Main aur rajkumar ab ek dusre ki tarf dekhne lge aur jor jor se hansne lge........ J J J

Next Day college may.....

Main aur rajkumar dono college pahunchte hai aur rashmi ko dundte hai, lakin wo kahi nazar nhi aati. Phir hum Library may jate hai to wha rashmi akele ek kone may study kr rhi hoti hai.

" Hi rashmi. Kesi ho?"

Rashmi koi jwab nhi deti aur hum log bhi whi pr beth jate hai.

"Tum logo ko sayad koi sarm nhi aati, hai na. kese inshan ho tum dono?"

Rajkumar bola. " Ache inshan hai, kyu kya hua?"

"dekho rashmi , hum log tumse sorry bolna chahte thy, kyuki kal hamare pass rupees nhi thy aur tum party ke liye bhi jid kr rhi thi, isliye hum logo ne esa kiya. Sorry yar."

"Agar tum logo ke pass ruppes nhi thy to kya muje btana bhi jaruri nhi samja. Kya main ruppes nhi de skti thi kya. Sach may tum log kese dost ho. Muje tum dono se koi baat nhi krni , main ja rhi hu, bye. Aur ha, mujse baat krne ki koshish bhi mat krna tum dono. Samje."

Rashmi itna bol kar wha se chali jati hai, aur hum dono ek dusre ki soorat dekhte rhte hai.

" yar raj, ab kya kry wo to naraj ho gyi hai, ab kese manye usko. Agar wo nhi mani to.....Hamare file kon bnayega phir"

"Sale tu hamesha selfish hi rahega kya, abhi bhi file ki padi hai tuje.. file to wese bhi bn chuki hai sari. Ab to main papar aane wale hai, ye soch ki ab pass kon krayega humko."

"Hmmmm....baat to sahi hai teri. Ab kya kry?

"kya krna hai, kuch nhi. Aaj naraj hai, to kal wo man jayegi."

"Wo kese?"

"Bas dekhta ja"

Hum dono bhi wha se chale jate hai. Next day sab log college aate hai. Lakin jab rashmi class may aati hai to wo surprise ho jati hai kuch dekh kar.

"Happy Birthday to you.....Happy Birthday to rashmi...happy birthday to you."

"Thanks, lakin aap logo ko mera birthday kisne btaya, mene to kisi ko bhi nhi btaya abhi tak."

"To kya hua rashmi, hum sab ko malum pad hi gya. Chalo aa jao, cake cut kro ab, wese bhi abhi sports period hai."

Rashmi cake cut krti hai aur pura class room enjoy kr rha hota hai, tabhi canteen se cold drink , samose aur bhi bahoout kuch saman aa jata hai.

" Ye sab kis liye.?"

Tabhi wha se kisi aur student ne bola.

" Tumko malum nhi hai rashmi, aaj tumhara birthday hai to aaj raj ne pura canteen free karwaya hai. Usi ka to ye idea tha sab."

"Lakin Raj aur rajkumar kha par hai, nazar nhi aa rhe wo log."

"Pta nhi, honge yhi kahi."

Phir rashmi hum dono ko dundne nikal padti hai. Aur hum dono terrace may bethy books ke sath cricket khel rhe hote hai.

" Yar raj, ek baat bta, tune apne sare ruppes jo ghar se aaye thy, wo sab canteen may lga diye, ab kya karega tu, pura mahina kese nikalega.?"

" sale tu hai na, kyu preshan ho rha hai. Main sab sambal lunga, chup chap se bowling kra."

"kya bowling krau...puri book ki halat kharab ho gyi hai, jab se main pattar fank rha hu aur tu book se sort mar rha hai."

" Ye aur kar bhi kya sakta hai rajkumar..."

Rashmi ne aakhir hum logo ko dund hi liya.

" Tum log kya pagal ho, esa kyu kiya tum logo ne?"

" tum naraj thi, aur tumko party bhi chaiye thi, isliye humne esa kiya"

"Achi baat hai, lakin main naraj nhi hu, thanks bolne aayi hu.aur tum dono ke liye cake bhi layi hu."

Phir kyat ha...Rashmi man gyi, aur hum teeno party karne lag gye. Phir papar ka time pass aane lga , hum teeno friends study may lge rhe. Ab kal papar tha aur teyari....kuch pta hi nhi.

" Raj, kal math ka papar hai, malum hai na tuje?"

"Ha yar malum hai, kyu tension le rha hai."

"Muje kuch nhi aata math may, aur tu yha garden may leta hua hai, aur tuje bhi kuch nhi aata , malum hai na tuje."

" Ye tuje kisne bola ki muje kuch nhi aata, sale math may main bahout acha hu."

" Ha bahout acha hai, malum hai muje, tabhi to class papar may hamesha 6 out of 30 aate thy. Wakai bahout acha hai. I proud of you my friend raj."

"Ek baat samj nhi aa rhi..sale...tu meri tariff kar rha hai ya bacchti kar rha hai."

"Main teri bacchti hi kar rha hu, agar yuhi tu garden may leta rha na to mere name ke aage jarur late lag jana hai."

"tu hamesha tension kyu leta hai, ye le papar, kal ka hai, teyari kar le ache se."

Rajkumar papar leta hai aur khush ho jata hai, lakin uski khushi 2min may wapis chali jati hai.

" Ye papar hai.?"

"ha"

"Raj bhai, muje ek baat bta, papar may kitne question aate hai?"

"5"

"thank god, malum to hai tuje, aur ye papar jo tune muje diya hai, isme total kitne question hai?"

"150"

"sale, tera dimag kharab ho gya hai, isko tu papar bolta hai, 150question hai isme."

" yar sab important question lag rhe thy, isliye mene sab question ko ek papar may utar liya, kam se kam puri book to nhi padni padegi na, ye kyu nhi sochta. Aur wese bhi papar isi may se hi aayega."

"Aur nhi aaya to."

"Nahi aaya to ek kam kar , tu ghar ja, aur book lekar beth ja, puri book panda raat bhar, aur agar phir bhi fail ho gya na tu, phir main baat krunga tuje."

"Acha thik hai, main ye papar study kar lunga, lakin tu yha kyu betha hai?"

"Kuch nhi yar, esehi betha hu. Esehi maan nhi lag rha aaj."

"Ha maan kyu lgega tera, rashmi jo nhi hai."

"matlb"

"Muje kya malum nhi hai ki tu usko like karta hai, usko bol kyu nhi deta jakar."

"Nahi yar, main bol nhi sakta, kyuki agar main bolne gya, aur wo naraj ho gyi to hamari dosti tut jayegi, jesa chal rha hai, wese chalne deta hu, jab time acha aayega, tab bol dunga."

"Wah...mere super hero...time accha....wo bhi tera...aaj tak aaya hai jo ab aayega."

" Kabhi to moka milega, jab milega tab bol dunga, aur wese bhi muje pta nhi hai ki wo mere bare may kya sochti hai, jab tak main ye nhi jaan leta, main kese bol sakta hu."

"Chal thik hai, iska pta main kar lunga."

"wo kese?"

"Meri girl friend kab kam aayegi, usse pta karwa lunga."

"Nahi yar, mat karna pta, main khud pta kar lunga."

Hum log wha se chale jate hai, next morning exam centre may....

"Rashmi, kitni teyari hai teri.?"

"Kha rajkumar, jyada teyari nhi ki, aur tumhari teyari kesi hai?"

"hahahaha...kisse puch rhi ho, mujse..meri kha teyari...raj muje padne de to main teyari kru na, puri raat padne nhi diya usne."

"Kyu, aur raj kha hai."

"kya kyu, pta nhi kiske khyalo may khoya rhta hai, puri raat nhi pda wo, kuch nhi aata usko aaj ke papar ka, pta nhi papar dene aayega bhi ya nhi. Wese bhi ab 5min rah gye hai."

"Kon hai wo, jiski tum baat kar rhe ho. Kiske bare may sochta rhta hai? Kya usko koi pasand aa gyi hai?"

"Ha ....tum aa gyi ho pasand. Hahahaha"

"Tum mazak kar rhe ho na, hum to kewal ache dost hai, aur kuch nhi. Phir raj ese kese soch sakta hai."

"ary yar rashmi, main mazak kar rha hu, tum to serious ho gyi, muje bhi nhi pta ki wo kon hai. Muje konsa usne btaya hai. Chalo ab , usko aana hoga to apne aap aa jayega, apna time ho gya hai."

Sab log papar dene chale gye thy, aur main ghar par aaram se so rha tha, raat ki nind hai bhai...puri to karni thi. Jab utha to jese main pagal hi ho gya tha. Main ftafat utha aur jesa tha wese hi papar dene pahunch gya exam centre.

"Tum half hour late ho Mr. Raj."

"Yes sir, I know, late ho gya hu, meri bike kharab ho gyi thi sir, isliye."

"Thik hai, jao andr, apni seet par betho."

"Sale bahout jaldi aaya papar dene, papar dekh kesa aaya hai."

"Isko kha tension hai papar ki, sone may busy thy ye to. Kyu raj sahi bol rhi hu na"

"Tum kabhi galt bol skti ho, rashmi"

"Hello last three, ha tum log, chup chap se papar kro, warna class se bahar nikal dunga."

Phir kya tha...chup chap papar ko dekhne lg gya main, fat ke hath may aa gyi thi meri to. Aur rajkumar bar bar piche dekh rha muje, aur main apne piche rashmi ko.

"le le tere 150 question. Ek bhi nhi aaya isme se, sach may raj, main fail ho gya aaj."

"aby usme se 3 question aaye hai na, wo to kar. Itne may pass ho jayega."

"Aane bhi to chahiye na answer."

"Matlb, tune pdha nhi jo mene question diye thy."

"Padha tha, puri raat padha tha, jo tune muje 150 question ke list di thi aur ache se yaad bhi ho gye thy."

"Phir problem kya hai? Solve kr usko."

" yhi to problem hai, mene kewal question hi yaad hi kiye thy, answer thodi na solve kiye thy."

" Hey, bhagwan.....utha le muje, sale pagal hi hai kya tu, question bhi koi yaad krta hai kya...bewkoof,"

"Ab kya kru wo bta muje."

"Ruk muje krne de solve, mera jese jese ho jayega main tuje bta dunga."

Main phir apne question ko solve krne may lag gya, main bar bar piche dekh rha tha, rashmi to lgi hui thi pura. Lgta hai ache se teyari ki hai usne.

"Rashmi, konsa kr rhi hai."

"kyu kya hua?"

"muje 5 no. question bta agar aata hai to."

"kya baat hai, 1 se 4 tak sare aate hai tuje."

"Nahi re, main last question se solve krna chalu kar rha hu. Aata hai ya nhi."

"Nahi aata muje."

"Ok, aur 4 no.?"

" thoda thoda aata hai."

"Thik hai , bta muje."

"Pagal hai kya, main kese btau, main to abhi 1 no question solve kr rhi hu."

"Chal thik hai, wo hi dikha de."

"Phele karne to de muje. Ho jayega tb bta dungi. Tab tak tum apna kro."

Phir kyat ha, main apna papar solve krne lag gya, jitna aata tha utna to kar liya, upar se rajkumar.....pta nhi kya hoga uska, main usko papar dikhane lag gya, aur main rashmi ka papar dekhne lag gya. Ese kar ke humne papar solve kar liya, lakin total hi hum logo ne 4 hi question kiye thy. Papar ka time end ho gya, aur hum sab bahr aa gye. Phir rashmi , rajkumar se puchti hai.

"Tumhara papar kesa hua, Rajkumar?"

"Iska papar, isko to marna chaiye...akal name ki chiz nhi hai isme."

"Kyu raj, kya hua?"

"Hona kyat ha, bewkoof ...kewal question hi yaad krke aaya tha, answer to mene solve kiye hai."

"Hahahahaha.....sach may rajkumar."

" Hans lo tum log...wese bhi mera papar acha hua hai, pass ho jaunga main. Sare question solve krke aaya hu main."

" Sare kese solve kiye, mene to tuje kewal 3 hi btaye thy."

"Ha to, tu mere piche betha tha, to iska matlb ye thodi na hai ki mere aage koi bhi nhi betha hoga, mene aage wale ki copy mari thi, aur wese bhi tera 3rd question wrong hai, mere aage wale ka alag answer aa rha tha, to mene wo hi kiya, tune galt kiya tha."

"Sale mene galt kiya tha, to tu muje bta nhi skta tha...sach may selfish hi hai tu."

"Rashmi tumhara kesa gya papar?"

"Mera papar acha gya, mene 4 question solve kiye, pass ho jaungi, wese bhi raj papar krne kha de rha tha, bar bar preshan kar rha tha, sara papar copy kiya hai mera."

"Pagal hi hai kya, 2 question to khud ne solve kiye thy mene, wo to cross check krne ke liye tujse pucha tha."

"Acha, muje to malum hi nahi tha."

"Ab to malum pad gya na. ab chale."

"Ha chalo."

"Acha rashmi, sham ko kya kar rhi ho, milte hai bahr kahi, agr tum free ho to."

"ok, aa jaungi, lakin phele jesa kiya tha mere sath, wese wapis to nhi kroge na."

"Hahahaha.....nhi, nhi, esa kuch nhi krenge. Garden may milte hai."

"ok, fine, rajkumar tum bhi aa rhe ho na sham ko."

" ha jarur."

Tabhi mene usko ghur ke dekha, aur rajkumar samj gya.

"ary nhi, aaj to muje bahr kahi aur jana hai, main nhi aa paunga. Tum log mil lena. Sorry."

"Rajkumar, abhi to tumne ha bola tha, aur abhi kam yaad bhi aa gya."

" Choro na rashmi, aa gya hoga usko kuch kam, apne milte hai sham ko."

"Thik hai."

Phir rashmi wha se chali gyi. Aur hum log bhi wha se room par aa gye thy. Main bar bar watch ki tarf dekh rha tha , ki kab sham hogi, aur kab main rashmi se milne jaunga. Aur main 3 hour phele hi ready ho kar beth gya tha.

"Bhai raj, tu kuch jaldi hi ready nhi ho gya, abhi to bahout time hai."

"kha time hai rajkumar, abhi to kewal 2 hour hi baki hai."

" Kewal 2 hour..... bhai intzar bhi bahout achi chiz hai, gud lga rhe."

" Acha thik hai, main ab jar ha hu, raat ko milte hai. Bye."

"Ok, bye, all the best. Aaj to bol hi dena sab kuch."

"ha dekhte hai."

Aur phir kya tha, main 2 hour phele hi jakr garden may beth gya, aur wait krne lga, bar bar soch rha tha ki aaj usko esa kya bolu, kese apne dil ki baat btau rashmi ko.

Time to ho chukka tha, lakin abhi tak wo aayi kyu nhi. Pta nhi aur kitna wait krna padega.itne may piche se aawaj aayi .

" Hello Raj."

Mene piche mud kar dekha to rashmi thi.

“Hello, bahout jaldi nahi aa gyi tum.?”

“Acha jaldi hai, thik hai main wapis chali jati hu, jab time ho jayega tb bta dena , main wapis aa jaungi.”

“Ary nhi, mera matlb hai ki late kese ho gyi tum aane may.”

“Tumhari tarh free thodi na thi, ghar par rhti hu, 100 kam hote hai, tumko to kya hai, tum 2 hour phele bhi aakar beth jao to bhi koi fark nhi padega tumko.”

“Tumko kese pta ki main 2 hour phele aa gya tha yha.”

“Sach may....tum 2 hour se wait kar rhe ho mera.”

“Ary nhi , mazak kar rha hu. Main kyu tumhara wait karunga, main to ese hi bol rha hu.”

“ Ok, aur bolo, rajkumar kha par hai, won hi aaya.”

“Nhi, usko jana tha kahi par, tumko btaya bhi to tha usne ki wo nhi aa payega, bhul gyi kya.”

“Mene socha ki wo free ho jayega, isliye. Aur bolo...phir abhi ka kya plan hai.”

“Kuch khas nhi, ese hi bethte hai.”

“Ek baat puchu raj, agar sahi bologe to?”

“Ha pucho na”

“Wo ladki kon hai? Jiske bare may tum sochte rhte ho, jisne tumhara dimag kharab kar rkha hai.”

“Kon ladki....koi bhi to nhi hai, tumko kisne bola.”

“Juth mat bolo raj, muje sab pta hai, ab bolo ki wo kon hai ladki?”

“Ary yar, koi bhi to nhi hai. Rajkumar to pagal hai, jo tumko faltu ki bate karta rhta hai, tum bhi na , kisi ki bhi baat maan leti ho.”

“Mene to yah nhi bola raj, ki muje rajkumar ne btaya ye sab, iska matlb hai koi ladki , ab name bhi bta do uska.”

“Esa kuch nhi hai rashmi, koi bhi nhi hai, belive me yar, main juth nhi bol rha.”

Sach may puri planning fail ho gyi aaj to meri, mene socha tha ki tumko aaj sab kuch bta dunga, lakin rajkumar ne kam kharab kar diya. Ab kya bolu, kese bolu.

"Kya sochne lag gye ab raj, acha thik hai nhi btana to mat btao. Ab khush, itna tension mat lo. Acha kuch aur baat krte hai. Thik hai."

"Thik hai. Lakin sach bol rha hu, main kisi ladki ko nhi janta, jiske bare may tum bol rhi ho."

"Thik hai na raj, koi baat nhi, mat btao, kuch aur baat krte hai."

Phir kya tha, hum idhar udhar ki baat karne lag gye, phir jyada time ho gya to wow ha se chali gyi. Time ese hi niklta gya aur hum logo ki dosti bhi chalti gyi, lakin mene ek bar bhi apne dil ki baat rashmi ko nhi btayi. Kyuki muje samj hi nhi aata tha ki main usko kese btau. Sahi time ka wait krta gya.

Ek din main aur rashmi library may bethy thy, project report bnani thi, usi ke bare may discuss kar rhe thy. Tabhi rajkumar apne kisi aur dost ke sath wha aaya.

"Hello rashmi, kesi ho."

"Main thik hu, tum kese ho, aajkal kha gayab rhte ho, na class may aate ho, na college may kahi dikhte ho, sab thik to hai na."

"Ha sab thik hai, ese hi ghar par rhta hu, ghar par rahkar hi padta hu, college aakar kru bhi kya, teacher jo padhte hai wo samj nhi aata. Isliye nhi aata. Isliye aajkal main aur mera ye dost dono milkar ghar par hi padte hai."

"Good, acha hai."

" acha rashmi tumse muje ek kam tha, mene tumko library card diye thy na last month, wo chahiye thy muje."

"lakin rajkumar, mene to us par book issue krwa rkhi hai, wese kab chaiye tumko card."

"Muje aaj mil jata to acha tha, koi baat nahi, kal de dogi na card."

"Ha kal de dungi."

"Aur kal nhi mila card to..."

Tabhi mene bich may bol pdha.....

"jab bol rhi hai ki wo kal card de degi to degi....bar bar kyu puch rha hai."

"Raj yar, muje book ki jarurt hai, isliye puch rha hu, taki phir main kal college aaunga na book ssue karwane."

"Koi baat nhi kal le lena."

Tabhi rajkumar ka dost bich may bol padha.....

"ha kal de dena card, nhi to tumko pta nhi hai ki tumhare sath kya ho sakta hai.'

Phir kya tha, mera dimag kharab ho gya, aur uth kar rajkumar ke dost ko marne lag gya.

" Kya bola tune ... wapis bol sale, jaan se mar dunga tuje.."

Main usko marta gya, rajkumar bich may aa gya aur usko bhi marne lg gya.

"teri himmat kese hui rashmi ko esa bolne ki, main tuje aaj chodunga nahi.."

"Raj, tu sale ek ladki ke liye humse ladai kar rha hai, acha nhi kar rha hai tu."

"ha kar rha hu ladai, kyuki main pyar krta hu isse, samj may aayi baat tuje, lakin tune esa bola kese."

Main unko marta rha, rashmi ne aur baki aur bhi wha thy, sab log aa gye, aur ladai ko rukwa diya. Phir rajkuamr aur uska dost wha se chla gya.

"Dekh lunga raj tujko..aaj jo tune kiya wo sahi nhi kiya."

"Ha thik hai dekh lena, main yhi par hu."

Phir rashmi muje wha se lekar chali gyi, mera gussa sant nhi ho rha tha. Hum dono chup chap bethy rhe. Aur rashmi muje dekhe jar hi thi. Phir kuch der baad rashmi mujse boli.

“Raj, tumne sahi nhi kiya aaj, rajkumar ko nhi marna chaiye tha, hum teeno friends thy 4 saal se , aur tumne ek hi pal may sab dosti tod dali. Esa kyu kiya tumne?”

“Tumko kya dikhayi nhi deta, wo kya bola tha, main chup kese rhta. Uski himmat kese hui tumko esa bolne ki.”

“Rajkumar ke dost ne bola tha, rajkumar ne to nhi bola tha na aur bola bhi tha to muje bola, mene to kuch nhi bola, phir tum kyu lade usse. Dekho raj, muje ladai achi nhi lagti hai.”

“muje malum hai, rajkumar ne nhi bola, lakin wo uska dost tha, usko mna kar skta tha na esa bolne ke liye, usne kuch nhi bola usko. Isliye mara mene usko.”

“Kuch bhi ho raj, tumne acha nhi kiya, ab jao aur rajkumar se jakar sorry bolo.”

“Main aur sorry bolu, do aur na mar du usko...main kahi nhi jane wala usko sorry bolne.”

“Acha thik hai ab apna dimag sant kro... bahout gusse may ho tum, wese ye rup tumhara pheli bar dekha hai, wo bhi gusse may.... JJJ

“Mera mazak udha rhi ho tum....”

“Ary nhi, gusse may tum jyada ache lgte ho na isliye...JJ....wese aaj to muje pta chal hi gya, ki wo ladki kon hai.”

“Ary wah..pta chal gya tumko...gud...ab jao ...jakar pure college may tofiya banto....”

“Naraj kyu ho rhe ho to..main to mazak kar rhi hu.”

“Main mazak ke mud may nhi hu..”

“hahahahaha....JJJJ”

“Ab kyu hans rhi ho, pagal ho gyi ho kya.”

“Nhi kuch baat yaad aa gyi......”

“Kya”

“ yahi ki......tofiya banto......hahahhahahaJJJJ.....log to mithai bant te hai..aur tum tofiya bant te ho....”

"isme hansne wali kya baat hai...kabhi school may birthday wale din tofiya nhi banti kya tumne.....baat karti ho.."

"Acha thik hai ab, naraj mat ho. Acha ek baat btao..tumko main pasand kese aa gyi...main to moti hu, mota sa cashma bhi hai, dikhne may bhi achi nhi hu.....college may to aur bhi sab achi ladkiya hai jo mujse bhi jayada achi hai, to tumko main kese pasand aa gyi."

Rashmi ne esa question puch liya tha ki main sab kuch bhul gya tha, kuch samj nhi aa rha tha ki kya bolu usko. Main chup rha aur kuch nhi bola.

"Bolo na raj, kya hua, muje kyu pasand krte ho."

"Pta nhi muje...bas ese hi."

"Bolo na ab, kya ese hi, koi bhi ese hi to kisi se pyar nhi karta. Bolo ab."

"Kya sunna chahti ho tum, ha pyar krta hu kyuki tum bhens ki tarh moti lagti ho, aur tumhara chasma, tumse bhi mota hai, moti. Logo ko har chiz ek nazar aati hai, aur tumko wahi chiz 4-4 nazar aati hai. Isliye pyar karta hu tumse. Ab khus..."

"Wah...kya baat hai, duniya may kabhi kisi ne esa purpose nhi kiya hoga kisi ko. Yhi to main bol rhi hu ki bhens ki tarh moti hu, har chiz 4-4 nazar aati hai isliye mujse bhi mota chasma mene pahn rkha hai, phir bhi tum mujse pyar krte ho, kyu?

" Kyuki koi bhi ladka tujse pyar nhi krta na isliye. Aur wese bhi sara time to hum sath rhte hai, isliye balidaan to muje hi dena padega na."

"ohh...balidaan...iska matlb tum mujse pyar kewal isliye karte ho ki muje koi purpose nhi marta, main dikhne may achi nhi lagti, isliye tum muj par tars kha rhe ho...yhi baat hai na, Raj."

"Yar tum muje kyu pka rhi ho....kyu mera dimag aur kharab kar rhi ho. Wese bhi dimag ki 12 bje huye hai. Tum aur band bja rhi ho mera. Esa kuch nhi hai, tum achi lagti ho muje isliye pyar krta hu. Aur wese bhi tumko to koi fark nhi padta na kyuki tum to nhi karti na."

"Kisne bola."

"Matlb krti ho"

"Mene esa to nahi bola."

"To phir kya bola tumne ki kisne bola."

"Kya raj tum bhi, hum ache dost hai..."

"Tum mujse pyar krti ho ya nhi..?"

"Ary, dra rhe ho kya muje, dekho dar gyi main..."

"Bolo na ab...."

"Kya bolu..."

"Pyar karti ho ya nhi..."

"Pta nhi muje..."

"To phir kisko pta hai?"

"Muje nhi pta."

"To phir kab pta chalega tumko.?"

"Pta nhi."

"Yar ye kya hai, pta nhi.....tumko nhi pta to kisko pta rhega."

"Mene kabhi socha nhi is bare may, hum ache dost hai."

"To nhi socha to ab soch lo, dost to hum hai hi aur hamesha rahenge hi...kam se kam kuch to socho."

"Thik hai soch kar btaungi."

"Kab?"

"Pta nhi."

"Ye phir pta nhi....tum ladkiyo ka ye famous diolog hai kya..pta nhi....jab tak tumko pta chalega tab tak to sayad main budda jarur ho jaunga.."

"Don't worry, tumko budda nhi hone dungi."

"Phir bhi kab tak btaogi..."

"Hmmm....Papar ke end wale din btaungi..."

"Pakka...us din btaogi na..."

"Ha pakka, muje sochne ka time to do."

"Yar lakin papar end hone ko to pure 1 month pda hai. Thoda phele nhi soch sakti. Dimag par thoda jor dal kar phele hi soch lo."

"Nahi, papar end wale din btaungi ...pakka...pakka..."

"Aur tumhara jwab na hua to..."

"Ho bhi skta hai."

"Yar ye galat baat hai, itna time sochne may lga rhi ho, aur bhi na bologi muje, esa thodi na hota hai. Ha bolne may kya problem hai."

"Tum itna tension kyu le rhe ho, abhi 1 month pda hai na, aur wese bhi sabr ka fal meetha hota hai, wait kro tum."

"Wait, 4 saal ho gye wait krte krte. Aur kitna wait kru."

"to tumhari galti hai, kyu kiya 4 saal wait..mene to nhi bola tha wait krne ko."

"Ha sahi baat hai."

"Main chahti hu raj kit um ache se pdho, achi job lgo... taki kal ko mere ghar walo ko bhi koi problem na ho."

"Iska matlb tumhara ha hai."

"Mene esa to nhi kha, main to example de rhi hu, kisi bhi ladki ke ghar wale yhi dekhte hai ki ladka kya karta hai, job kesi hai, ghar kesa hai. Samje."

"Ha samj to gya."

"Good boy, ab jao jakar rajkumar se sorry bolo, tabhi main sochungi warna kuch nhi sochne wali."

"Yar tum dhamki mat diya kro, jata hu."

"aur ache se sorry bolna , ladai mat krne lag jana."

"Ab ache se sorry kese bolte hai , tum hi bta do, murga bn kar sorry bol du.....Kukdu ku rajkumar...sorry ...ese."

"Hahahaha....ha ese hi..."

Phir main wha se chala gya, rajkumar ko sorry bolne. Lakin main khush bahut tha, ki aaj rashmi ko finally apne dil ki baat bol di, aur wo naraj bhi nhi huyi. Ab khas wo ha kar de. Samj nhi aa rha ki wo ha bolegi ya na. main bas yhi sochta rha aur rajkumar ko dundne lag gya. Tabhi rajkumar muje canteen may nazar aaya aur uske sath wo uska kamina dost bhi tha, maan kar rha tha jakar ek bar aur hath saaf kar lu...lakin mazboori ka name to hamesha se hi Gandhi rha hai na. kuch bhi nhi kar skta. Main phir rajkumar ke pass gya.

"Rajkumar, bahar aa, muje tujse baat karni hai kuch."

"Muje koi baat nhi karni tujse, tu yha se chala ja."

"Tu chal rha hai ya nhi."

"Nahi chal rha, jo bolna hai yhi par bol."

Itne may phir uska dost bich may bol pda.....

"tu chala jay ha se, warna tere liye acha nahi hoga."

"Dekh main tujse baat nhi kar rha, samj aayi baat, phir bich may bola na to tere liye acha nahi hoga. Aur tu rajkumar, bahr chal rha hai ya nhi, warna do rakh kar dunga tuje, chup chap se bahr chal."

"Mar kar dikha sale, mene hath nhi uthaya to jyada bhari ho rha hai kyat u, phele muje apni cold drink khatam karne de phir chalnga, tab tak wait kar."

Phir kyat ha, ab rajkumar ka time tha bhari hone ka , lakin main bhi kam kamina nahi tha, mene rajkumar ke hath se cold drink li aur ek saans may puri cold drink pi gya aur khali kar ke uske table ke samne rakh di.

"Ab khali ho gyi teri cold drink, ab chal bahr."

Phir main rajkumar ko bahr lekar aaya, aur dusre room may lekar gya aur gate ko andr se band kar liya, aur rakh kar ek aur di usko.

"Aby tu muje marne ke liye yha lekar aaya tha kya.?"

"Nhi , tujko sorry bolne ke liye aaya tha...sorry."

"to ye konsa tarika hai tera sorry bolne ka.?"

"Ye mera tarika hai, tuje bhi mara mene wo dusri baat ke liye mara."

"Kis liye."

"Saale phele ladai nhi kar skta tha tu mujse, 4 saal baad hi tuje time mila tha kya."

"Main samja nhi kuch."

"Saale apni ladai ki wajah se mene rashmi ko apne dil ki baat bta di, phele ladai ki hoti to phele apne dil ki baat btata na."

"Phir kya bola usne, na kar di usne."

"Pta nhi yar, bol rhi hai ki soch kar btaungi."

"Chal acha hai na to."

"Aur tu kese kese dosto ke sath rhta hai , saale ko bolne ki tamiz nhi hai, mera maan kar rha tha ki do aur maru usko."

"Chod na ab usko yar, wo esa hi hai."

Phir hum dono gale lag gye, aur ek dusre ko sorry bola. Phir hum log chale gye wha se. ab papar ka time pass may aa gya tha aur aaj college ka last day tha. Sabko bura lag rha tha ki ab hum is college ko chod kar jar he hai, main bhi akela kisi kone may betha hua tha. Tabhi wha par rashmi aur rajkumar aaye.

"Aby yha kya kr rha hai, akela kyu betha hai.?"

"Lagta hai raj ko college chodne ka maan nhi kar rha hai. Isliye yha akela betha hai."

"Nahi esa kuch nhi hai, soch rha tha ki 4 saal kese end ho gye, pta hi nhi chala."

"Pta kyu nhi chala, muje to pta chala hai....15-15 back lekar betha hu, muje to pta nhi chala. Teri to ek bhi nhi hai na back, isliye tuje lag rha hai, ek kam kar, is bar tu bhi back lekar aa ja. Phir tuje bhi pta chal jayega."

"hahahaha....JJ"

“Acha main abhi aata hu tum dono yhi betho.”

“Kha ja rhe ho tum rajkumar?”

“Kahi nhi rashmi, main canteen jar ha hu, kuch logi tum.”

“ha mere liye ek sandwich le aana.”

“Aur mere liye 2 samosa aur ek cold drink le aana.”

“Sale mere pass itne pasie nhi hai, dekhta hu milega to le aaunga.”

Phir rajkumar wha se chala jata hai. Ab main aur rashmi hi bethy huye thy. Aur baat karne lag gye.

“College ko miss kar rhe ho raj.”

“ha, thoda bahout. Aur tum.”

“Nhi main to nhi kar rhi.”

“Kyu?”

“Kyuki ab yha study karne ke liye nhi aana padega na. thank god, college end ho gye.”

“Lakin tumne ye bhi nhi socha ki college end ho gye to hum ab milenge kese, phele to roj mila karte thy college may, ab milna bhi band ho jayega.”

“Pta hai raj, tum tension bahout lete ho, jese phele milte thy bahr , wese mil lenge na. ha ye baat hai ki roj nhi mil payenge.Aur future ka kisko pta, kya pta kal main mar gyi to..”

“Tum kya pagal ho, faltu ki baat kyu krti ho, muje tumse koi baat nhi karni , bye, jar ha hu main, karti rho tum faltu ki baate.”

“Ary baba, sorry....sorry...dekho mene tumhare kan bhi pakd liye hai ....hahahhaha....sorry.. JJJ”

“Khud ke kan pakdo na, mere kyu pakd rhi ho. Aur aaj ke baad esi baat bilkul mat krna.”

“Ok baba, nahi karungi ab khush....”

“acha tumne socha kya...”

“ha socha na.”

"Kya socha bolo."

"Yahi ki... ab papar dekar job lagni padegi ... ghar wale khali bethne nhi denge."

"Main is bare may nhi bol rha..."

"To phir kis bare may bol rhe ho?"

"Apne bare may...tumne kha tha na kit um soch kar btaogi."

"Acha us bare may...."

"Ha us bare may....ab btaogi ki kya socha tumne."

"Hmmmm...abhi tak kuch socha nhi."

"Socha nhi...yar 20 din ho gye, 10 din baki hai aur tumne abhi tak socha nhi, kuch to thoda bahout socha hoga na."

"Sahi btau main..."

"Ha bolo..."

"Pakka bolu..."

"Ha bolo na."

"Baat ye hai ki...."

"Ab kya hua bolo na..."

"Baat ye hai ki ....muje time hi nhi mila kuch sochne ka."

"Time nhi mila...pura din ghar par rhti ho...karti kya ho tum...tumko sochne ka time hi nhi mila.. ya sochna hi nhi chahti kuch."

"Tum itna tension kyu lete ho, aur wese bhi tumko papar end wale din batungi ki mene kya socha...phele nhi."

"Achi baat hai...mat bato."

Phir rajkumar aa gya tha khane ka saman lekar. Phir hum kha pikar nikal gye. Papar pass may aa gye thy. Hum log study may lag gye thy. Lakin mere dimag may yhi chal rha tha ki rashmi ka jwab kya hoga. Main rashmi se jab bhi baat karta to wo bas yhi baat bol kar taal deti ki wo papar ke end may btayegi. Papar start ho gye thy. Hum sab log exam center ke bahr bethy padh rhe thy.

"Yar rajkumar, ab to kewal 5 din rah gye papar ko."

"Ha wo to hai, uske baad tum logo ko papar nhi dene padenge."

"yar 5 din baad to result aa jayega papar ka."

"Tu pagal ho gya kya, papar abhi de rha hai, to result kese aa jaega, wo to 2 month baad aayega na. Rashmi dekho to pagal ho gya ye."

"Sahi kab tha ye."

"Aby main tera nahi , mere result ki baat kar rha hu. Rashmi kuch socha kya."

"Ha socha na..."

"Kya"

"yahi ki aaj ka papar bahout tough hai, aur kuch aata bhi nhi hai. Samj may nhi aa rha ki pass kese houngi."

"Ary yar main is are may nhi bol rha. Main us bare may bol rha hu, chalo chodo tum... padhai karo."

"Kis bare may raj, mujko bhi bta de."

"Kisi bhi bare may nhi tu chup chap se padhai kar."

Phir hum log papar dene chale gye. Sabhi papar ache huye thy ab bas 2 papar baki thy. Matlb 2 din aur thy. Phir rashmi muje bta degi ki uska jwab kya hai. Next din papar dene gye. To rashmi ke pass jakar beth gya.

"Rashmi..."

"Ha bolo."

"2 din rah gye yar.."

"ha to, ye to achi baat hai, ab papar nhi dene padenge."

"Nahi, 2 din rah gye ab."

"Ha to muje bhi pta hai, mere pass bhi calendar hai time table hai, pta hai muje."

"Tu samj nhi rahi, 2 din rah gye ab. Tuje kuch soch kar jwab dena tha..us bare may...isliye bol rha hu ki 2 din rah gye."

"Ohhh acha...us bare may...hmmmm shit yar 2 din rah gye.. sorry raj.. lakin mene kuch socha hi nhi abhi tak."

"Yar tum thik kamal karti ho, 28 din ho gye, aur tumne kuch bhi nhi socha abhi tak, thoda sa to socha hi hoga na. utna hi bta do."

"Bta dungi na itni jaldi kya hai, acha agar abhi bta bhi du to tum kya karoge phir..."

"Karunga to kya...kam se kam dil ko sukun to milega na."

"Acha usse kya hoga phir...."

"Phir shadi kar lenge na apne."

"Acha, itna easy hai sab, mere ghar wale puchenge to kya bolungi main ki ladka to abhi masti marta hai, kuch karta nhi hai abhi. Aur wese bhi main abhi shadi nhi karne wali. Job krungi 4-5 saal, uske baad kuch sochungi."

"Phir sochogi, 4-5 saal baad...matlb abhi 2 din baad muje kuch bhi nhi btaogi kit um mujse pyar krti ho ya nhi."

"Mene esa to nhi bola, mene bola ki main shadi abhi nhi krungi 4-5 saal tak. Ok."

"ok. LL"

"ab itna sda sa muh kyu bna rkha hai. Chalo ab andar chalte hai papar ka time ho gya hai."

Phir hum log papar dene chale gye. Papar end end hokar hum apne apne ghar chale gye. Main din bhar bas yhi sochta rha ki ab main kya karu..... job to lagni padegi lakin result aane may pure 2 month baki thy. Achi company to koi legi nhi. Aur na hi college campus aa rhe thy. Agar job nhi lagi to rashmi kabhi mere sath nhi hogi aur phir uske ghar wale bhi nhi manenge. Raat ho chuki thi. Rajkumar aaya.

"kya kar rha hai?"

"Kuch nhi, ese hi betha hu."

"Ha tu to ese hi bethega. Sapne le rha hoga rashmi ke. Aur koi kam to hai nahi tere pass."

"Tere pass to bahout kam hai na saale."

"Yar kal last papar hai, aata to wese bhi kuch nhi hai, mene socha tuje to sab aata hai, aaj tak jitne bhi papar may pass hua hu, teri wajh se pass hua hu,isliye tuje thanx bolne aaya tha."

"Aby apna ye natak band kar ab. Aur kal ke papar ki teyari kar."

"Yar teyari karne ka maan nhi kar rha hai, masti krne ka maan kar rha hai aur wese bhi kal last papar hai, phir tu chala jayega, sab log alag alag ho jayenge, mene socha aaj tere sath hi rah lu."

"Acha socha, kabhi kabhi ye kam bhi kar lena chahiye. Muje pta nhi tha kit u sochta bhi hai."

"Acha raj, ye bta kal ke baad kya karega. Kya plan hai future ka tera."

"hmmm...plan...filhaal to kuch nhi socha,lakin itna jarur socha hai ki kal rashmi agar ha bol deti hai to hum apne best future ki planning krenge."

"aur agar usne na bol diya to."

"aby subh subh nhi bol skta...wese bhi tension may hu. Tu aur tension de rha hai. Wo ha hi bolegi."

"yar lakin meri girl friend to muje chod kar chali gyi muje. Main kiske sath beth kar planning kru."

"kyu kiske sath chali gyi?"

"kisi ke sath nhi gyi, break up ho gya hamara. Bolti hai ki mere itni back chal rhi hai, mera future to wese bhi barbad hai sath main uska bhi barbad kar dunga, isliye chod kar chali gyi.."

"jaan kar dukh hua muje...phir to tu bahout preshan hoga tu, main tera dard samj sakta hu. Don't worry sare papar nikal jayenge tere."

"Aby dukhi nhi hu main, bahout khush hu main."

"Khush hai, kyu. Teri girl friend to tuje chod kar chali gyi na. tu to pyar karta than a usko. To phir...."

"yahi to baat hai bhai, khushi ki baat hi to hai, tujko malum hai main hamesha uske ghar ke wha jata tha usko drop krne.."

"Ha to."

"to wha par uske ghar ke pass may ek ladki rhti thi, wo muje dekhti thi, aur main bhi thoda bahout line mar leta tha, to wo bhai set ho gyi apn se. aaj meri girl friend muje chod kar gyi aur wo sham ko muje mil gyi. Hai na khusi ki baat... JJJJ"

"Sach may yar, kamina hi hai tu, isko pyar bolte hai."

"Yar meri galti thodi na hai, muje wo chod kar gyi thi, main thodi na gya tha, pyar to main abhi bhi karta hu."

"Kissse ????? purani wali se ya nayi wali se....? hahahahahaJJJJ"

Phir hum log raat bhar masti karte rhe, game khalte rhe, movie dekhte rhe, aur muje bas din ka intzaar tha. Kyuki mera din ab badlne wala tha. Meri life change hone wali thi. Main khush bhi bahout tha aur tension may bhi bahout tha. Lakin muje ye pta tha ki wo mera sath kabhi nhi chodegi, chahe ho dosti ka hi kyu na ho, wo hamesha mere sath hi rahegi, aaj tak usne mera bahout sath diya hai, aur aage bhi deti rahegi. Muje college may kafi ache dost mile, jinhone hamesha mera sath diya, aur hamesha dete rahenge. Is baat ka muje pura viswaas tha.

Din ho chukka tha, aaj ka din muje kafi acha lag rha tha, kyuki itni jaldi to main kabhi nhi utha, aur raat bhar soya hu to uthunga na...Lakin rajkumar abhi bhi so rha tha. Phir mene usko jakr uthaya.

" aby uth, din ho gya hai, chal tea pine chalte hai."

"Sone de yar, nind aa rhi hai bahout, tu bhi soja."

"le yar uth ab, phir college bhi chalna hai."

"Time kya hua hai..."

"4:30 AM huyi hai...le yar uth ab jaldi."

"saale tu pagal hi hai kya, 4:30 AM huyi hai, is time konsa college tere liye khula hai, chup chap se so jana, na khud so rha na muje sone de rha."

"acha thik hai, tea pine chalte hai, phir wapis aakar so jana, main mna nhi karunga, pkka. Ab chal na."

"Yar muje pta hai tu sone to dega nhi muje, pta nhi kosi ghadi mene tujko apna dost bnaya tha, chal ab, teri teaaa...pine."

Phir kyat ha, chal diye tea pine. Hum logo ne tea pi aur kai der wahi bethe rhe. Uske baad hum room par aa gye , rajkumar ab kha sone wala tha, nind jo kharab kar di thi mene uski, phir hum log teyar hone lag gye.

"Yar raj, aaj tu hi chala ja papar dene, mera maan nhi kar rha papar dene ka."

"Kyu maan kyu nhi kar rha, pass nhi hona kya aaj, last papar to pass kar le."

"Yar muje kuch aata hi nhi hai, to pass kha se hounga, aur teacher ka to tuje pta hi hai, saale cheating bhi nhi karne dete. Phir pass kese hounga."

"Koi baat nhi, tu chal to sahi, main pass karwa dunga tuje."

"Wo kese?"

"Main hamesha ek book toilet may chupa kar aata hu, jab papar may kuch nhi aata to jakar dekh leta hu, aur phir pass ho jata hu. Tu bhi toilet kar liya kar kabhi kabhi....sehat ke liye faydemand hai.....hahahahahaJJJJ"

"Saale.....teri to...tune muje to kabhi nhi btaya ye sab, main phele hi pass ho jata, itni back thodi na lagti meri."

"to koi baat nhi , ab ho jana, pass hone ki teachniqe to tuje bta hi di mene, aage kam aayegi teri."

"Baat to sahi hai teri, chal phir, main ready ho jata hu, papar dene chalna hai."

Phir hum log papar dene exam center pahunche, aaj hum pura ek hour phele hi aa gye thy, maan nhi lag rha tha mera. Kyuki rashmi jo nhi thi. Hamesha main half hour phele aata tha aaj jaldi aa gya tha maan kese lgta.

Dhere dhere sab student aane lge, lakin muje kewal ek ka hi wait tha, papar ko kewal 15 min baki thy, kuch samj nhi aa rha tha ki aaj itna late kyu ho rhi hai rashmi, hamesha to jaldi aa jati hai. Socha ki sayad raste may hogi, aaj last papar hai na to aalas aa rha hoga usko. Main ishar udhar ghumne lag gya. Ab papar ko kewal 5 min baki thy, abhi tak kuch pta nhi uska. Muje thodi si tension hone lag gyi. Main rajkumar ke pass gya.

"Rajkumar, yar abhi tak rashmi nhi aayi, 5 min rah gye hai."

"Aa jayegi yar, kyu tension le rha hai, last papar hai na, sayad end time par hi aaye."

"Lakin yar kewal 5 min rh gye hai, aaj tak to kabhi esa nhi hua ki wo late aaye. Phir aaj kyu?"

"Aaj se phele tu kabhi jaldi utha tha kya....aaj pheli baar utha na jaldi, to aaj wo late ho gyi to isme tension wali kya baat hai."

"Wo muje nhi pta, muje tera phone de, usko phone lga kar puchta hu ki kha hai."

" yar agar wo raste may hogi to phone kese uthayegi..? driving kar rhi hogi yar...cha lab andar, papar ka time ho gya hai, don't worry aa jayegi wo, usko bhi tension hai papar ka. Sab meri tarh thodi na hote hai, jinko papar ki tension nhi hoti, cha lab andar."

Hum sabhi papar hall may chale gye papar dene, but mera maan nhi lag rha tha, samj nhi aa rha tha ki wo late kese ho gyi aane may. Hamare pass papar aaya, hum sab papar dene lag gye. Time nikltа gya, aur ab 1 hour ho gya tha. Muje ab jyada tension hone lag gyi thi. Mene rajkumar ko bola.

"Rajkumar....Rajkumar...sun na..."

"Ha bol."

"Yar rashmi nhi aayi abhi tak, 1 hour ho gya hai."

"Ha yar, aaj tak to kabhi esa nhi hua, kya kary?"

"Karna kya hai, chal chalte hai usko dundne."

"Papar ka kya, papar to karne de phele."

Itne may aage se aawaj aayi....

"Tum logo ko kafi der se dekh rha hu, bina baat kiye papar nhi kar skte ho kya. Chup chap se papar kro apna, warna bahr nikal dunaga."

Tabhi main khada hua aur bol pda....

"To nikal do bahr.... Roka kisne hai, ye lo papar, aur main ja rha hu bahar. Rajkumar chal ab, papar de isko , aur cha lab."

"Ohh hello...tumko to pass nhi hona, to dusro ko to hone do pass, kyu uska future kharab kar rhe ho, tumko jana hai to jao yha se."

"Ohh really...rajkumar tu sach may pass hone wala hai aaj ke papar may...muje pta nhi tha. Ab chal yha se."

"Yar raj ek question to krne de, mene to ek bhi nhi likha. Phir chalte hai na."

"usse kya hoga, pass ho jayega kya, aani to phir bhi back hi hai teri, jha 15 back aa gyi, wha ye ek aur sahi....chal ab."

"Yar bechhati to mat kar meri 15 back bol kar, thik hai cha lab.."

Phir hum dono log teacher ko papar dekar bahr chale gye aur teacher hum dono ko dekhta hi rha. Exam hall se baahr aa gye thy hum. Rajkumar ne apni bike start ki aur pucha.

"Ye to bta ki chalna kha hai."

"Kha chalega....ghar hi jana hai aur kha jayega."

Phir hum dono rashmi ke ghar ke liye chal diye. Aur main raste bhar idhar udhar dekhta rha, ki sayad kahi nazar aa jaye, lakin nazar nhi aayi kahi bhi. Muje aur tension hone lgi, ki aakhir wo papar dene kyu nhi aayi aaj. Itne may rajkumar ki bike band ho gyi.

"Kya hua ab"

"Yar lagta hai petrol khatam ho gya bike may. Petrol dalwana padega bike may."

"Saale kabhi to petrol rkha kar bike may, jab dekho to dusro ki bike se petrol nikalta rhta hai, ghar wale paise nhi dete kya petrol ke."

"Dete hai na, lakin wo paise girl friend ke liye bcha kar rkhta hu."

"Yar sach may tuje kya bolu main, ab ek kam kar, mere pass 50/- hai, chal petrol dalwa isme."

Phir hum log petrol dalwane nikal pade. Petrol dalwaaya aur rashmi ke ghar ke liye chal pade. Rashmi ka ghar aa gya tha. Main ftafat bike se utra aur uske ghar par gya, lakin ye kya....ghar ka to lock lga hua hai. Sab log kha chale gye.

"yar rajkumar, ghar pr to lock lga hua hai, sab log aakhir gye kha par, rashmi bhi papar dene nhi aayi . muje kuch ab ajib lag rha hai. Kuch samj nhi aa rha ab."

"Samj to muje bhi nhi aa rha, kahi esa to nhi ki wo log city chod kar raat ko hi chale gye ho."

"Yar agar esa hota to muje pta chalta na, raat ko hi to rashmi se meri phone par baat hui thi, agr esa hota to muje jarur btati."

"To phir morning may chale gye honge. Aur usko btane ka time nhi mila hoga, sab jaldi jaldi may chale gye honge."

"Kya pta yar, muje kuch samj nhi aa rha, agar esa kuch hota to wo muje btati to sahi, kam se kam ek msg to chod skti thi."

"Ek kam krte hai, uske neighbor se pta krte hai, sayad kuch pta chal jaye."

"ha ye thik rahega...aur rashmi ko phone try kar rha hu, lakin switch off bta rha hai."

Hum dono rashmi ke neighbor ke ghar jate hai aur door bell bjate hai. Tabhi ek aadmi door kholta hai.

"Ha ji bolo, kya kam hai?"

"Good morning sir, main rashmi ka college friend hu, aaj hum logo ka papar tha, wo papar dene nhi aayi aur ghar par bhi lock lga hua hai, kya aap muje bta skte ho ki wo log kha par gye hai.?"

"Sorry beta, humko nhi malum ki wo log kha gye hai, morning may to inko dekho tha, aur rashmi ko bhi dekha tha, wo bhar garden may hamesha beth kar study krti hai, aaj bhi kar rhi thi. Uske baad pta nhi wo log kha gye."

"Ok, thank you sir, and I am sorry for disturbing you."

"It's ok beta."

"Yar rajkumar, neighbor ko bhi nhi pta, unke according rashmi din may garden may beth kar study kar rhi thi, iska matlb papar dene ki to teyari may wo thi. Lakin wo sab log gye kha, wo bhi achank...?"

Hum dono sochne lag gye ki aakhir esa kya hua hoga, ki achank uske ghar wale gayab ho gye, ab aakhir pta chale bhi to kese.....kya kru kuch samj nhi aa rha tha. Sach may aaj ka din kuch jyada hi acha tha mere liye. Kyu aaj main itni jaldi utha.

"Raj, rashmi ke ghar walo ka number to hoga na tere pass... us par try kar na."

"Nahi hai yar number, hota to us par try karta tha na."

"Dimag par jor lga , sayad ho skta hai ki rashmi ne tuje kabhi phone kiya ho apne ghar ke dusre number se. soch ek bar."

"Nahi yar, muje esa to kuch yaad nhi aa rha. Ek kam krte hai, inke neighbor se unka number lete hai , sayad unke pass ho."

"Chal try krte hai."

Mene phir se unki door bell bjai, aur uncle phir se bahar aaye.

“Ha bolo beta. Ab kya chahiye?”

“Sir, kya muje rashmi ke father ka number mil sakta hai, agr aapke pass ho to.”

“Ha kyu nhi, ek min ruko main deta hu.”

Uncle ne mobile nikala aur usme number dekhne lag gye.....

“Ha mila number, lo note kro number.”

Mene rashmi ke father ka number note kiya aur uncle ko thanks bol kar wha se chala gya.

“Rajkumar, acha hua number to mil gya, ab main try krta hu, sayad baat ho jaye meri, bas sab kuch thik ho.”

Mene rashmi ke father ko phone lgaya, ring jar hi thi, lakin wo phone nhi tha rhe thy, mene bar bar try kiya tab jakar unhone phone uthaya. Aur phir meri unse baat hui, lakin jab baat huyi to mere pero tle jamin sark gyi thi, aur mera phone mere hath se chut kar jamin par gir gya tha aur main kuch bhi nhi bol pa rha tha.

“Raj...Raj...kya hua...kya bola uncle ne...bol na kya hua.”

“Rashmi....”

“Kya hua rashmi ko....bol na raj....tu ro kyu rha hai... bol na.”

“yar, rashmi ka accident ho gya hai, wo hospital may hai...... LLL”

“wo thik to hai na raj...bol raj...wo thik to hai na, chal hospital chal ftafat..”

Rajkumar muje sambalne may lag gya tha, lakin meri halat bahout buri thi, phir hum log hospital pahunche aura age dekha to rashmi ki sabhi family wale wahi par thy. Main unke pass gya, to sab ro rhe thy, muje kuch samj nhi aa rha tha , wo sahi to hogi na.

" uncle kese hua ye sab, rashmi thik to hai na. doctor ne kya bola."

Rashmi ke father kuch bhi nhi bol pa rhe thy.. roni aawaj may unhone puri story btayi humko.

"Rashmi, morning may papar dene ke liye ghar se nikal gyi thi, wo aaj khush thi ki aaj uska last papar hai, raste may hi uska accident ho gya tha ek truck se. wha per jitne bhi log thy unhone usko jaldi se hospital lekar aaye aur humko phone kiya, accident may rashmi ka phone bhi tut gya tha. Phir hum log jaldi se hospital aa gye."

"Uncle , rashmi ab thik to hai na, doctor ne kya bola, kab tak thik ho jayegi wo."

"Doctor ne kuch bhi bolne se mna kr diya hai, bol rhe hai ki puri try krenge."

Ye sab sun kar hamari halat aur jayada kharab ho chuki thi. Hum bas rashmi ko jaldi thik karne ke liye dua krne lag gye thy. Tabhi doctor aaya. Aur usne bola ki rashmi ke pass time ab kam hai, wo log usko nhi bcha sakte, eke k krke mil le usse. Ye sun kar meri halat aur kharab ho gyi thi, rajkumar muje sambalne may lag gya tha.

"Raj , please yar apne aap ko sambal, main hu na tere sath, please yar apne aap ko sambhal."

Rashmi ki family sab log rashmi se mil liye thy, main ab andar gya. Aur usko dekhne lga. Rashmi apni aakhiri saanse le rhi thi. Main jab uske pass gya, to wo bhi rone lagi.

"Dokha de diya na muje tumne aaj, itna bda dhokha, muje hamesha ke liye akela chod kar ja rhi ho, ye bhi nhi socha ki mera kya hoga tumhare bina. Kyu kiya esa mere sath."

"Sorry raj.... Aaj apne papar ka aakhiri din tha, tum papar dene kyu nhi gye.?"

"main gya tha , lakin tum nhi aayi to papar bich may hi chod kar aa gya."

"Tum sach may pagal ho raj. Raj....."

"Ha bolo na..."

"Mene tumko promise kiya tha na ki papar ke end day tumko apni dil ki baat btaungi. Main bhi tumse pyar krti hu... bahout pyar karti hu. Sayad main abhi tak jinda isliye hu ki taki main apna promise pura kar saku."

"Please rashmi.... Esa mat bolo, please mat jao na muje chod kar, main akela ho jaunga bahout."

"Main kahi nhi ja rahi raj, main hamesha tumhare sath hi rahungi, mene ek sapna dekha tha raj.... Kya tum pura kroge?"

"Hmmm....krunga... tumhara har sapna pura krunga."

"Raj, mene sapna dekha tha ki tum ek successful aadmi bn gye ho, ek bda aadmi, ek achi job thi tumhare pass, aur hum dono ki shadi bhi ho gyi thi , ghar wale bhi raji ho gye thy, aur hum dono puri life ache se bita rhe hai. Raj, main chahti hu ki is duniya main tumhara name ho. Kya tum mera ye sapna pura kroge?"

"Hmmm....nhi krunga. LLL"

"please raj..."

"hmm krunga, lakin tum to sath nhi ho na, phir main kese apna sapna pura krunga."

"Raj main hamesha se tumhare sath rhi hu, aur hamesha rahungi. Please meri ek baat aur manoge..please raj."

"ha bolo."

"Tum koi achi si ladki dekh kar shadi kar lena. Main bahout khush rahungi tumko khush dekh kar. Please raj...kroge na."

"Rashmi , mene hamesha tumhari sab baate mani hai, kyat um aaj meri ek baat manogi, mna mat karna."

"Ha bolo raj..."

"Will you marry me?"

"Raj...tumko malum hai na main sirf kuch der ke liye hi hu.... Phir main hamesha ke liye chali jaungi. Phir tum kyu esa karna chate ho....kyu apni life kharab kar rhe ho meri wajh se."

"Will you marry me or not?"

"Raj... tum kyu nhi samj rhe ho? Kyu mujse itna pyar krte ho?"

"Mera bhi ek sapna tha rashmi, ki main tumse shadi karunga, please mera sapna pura kr do. Please... muje kisi aur se shadi nhi karni, sirf tumse karni hai shadi , please rashmi."

"Ok raj... sab ko bula lo."

Mene rashmi ke sabhi family walo ko andar bula liya. Aur rashmi ne apni aakhiri ichaa unko btayi.... Phele to wo log nhi mane lakin baad may sab maan gye. Phir mene usi room may rashmi ke sath shadi ki. Sabne humko aasirwaad diya. Aur rashmi bhi bahout khush thi, lakin main dil ke kisi kone se dukhi tha. Aur wo meri rashmi ke sath aakhiri mulakat thi, wo chali gyi, hamesha ke liye, hum sab ko chod kar.

Main akela rah gya tha bahout, rashmi ke father bahout khush thy ki unki rashmi shadi krke is duniya se gyi. Main kuch din unke family ke bich hi rha. Chup chap... kisi se kuch nhi bolta tha. Rajkumar bhi mere is dhukh may kafi dukhi tha. Mene bhi kasam khayi.... Main ek din bahout bda aadmi banunga...mera name puri duniya janegi, main ek successful person ban kar dikhaunga aur jab rashmi ka ye sapna pura ho jayega tab main hamesha ke liye rashmi ke pass chala jaunga.

Phir main sab kuch chod kar ek nai duniya main chala gya apni pahchan bnaane ke kiye, meri rashmi ka sapna pura krne ke liye. Aur main wapis kabhi nhi gya , jha se meri surwat hui thi jindgi ki, aur na hi mene kisi friend se contact rakha, bas main akela hi chal diya ... aur name bnane ki race may lag gya main.

*** THE END ***

True Love Never End

Vishal aur pooja dono dairy padh kar band kar dete hai. Aur dono kai der tak chup chap bethe rahte hai, koi kuch bhi nhi bol pata. Dono ka gla bhar aaya tha raj ki dairy padh kar.

"Wakai may pooja, raj uncle ke sath itna sab ho chukka hai, aur wo hamesha akele hi rhe, kabhi unhone apni taklif humko nhi btayi."

"ha vishal, raj uncle jesa pyar krne wala aadmi bhagwan har ladki ko de, apne pyar ke sapne ke liye unhone puri life akele hi rhe aur unhone unka sapna bhi pura kiya."

"Ha pooja, Raj uncle aaj bahout bde namo may se ek hai...sach may unhone bahout stragle kiya apni life may. Really mere maan may ab unke liye aur jyada aadar aa gya hai. Main unko kabhi nhi bhul skta."

"Ha vishal, hum kabhi nhi bhul skte, unke wajh se hi hum aaj ek hai, aur sayad isliye hi wo hamesha pyar krne walo ki help kiya krte thy, kyuki unko kabhi pyar nhi mila apni jindgi may. Really raj uncle great hai."

"Hmm..wo to hai."

"Lakin vishal, ek baat samj nhi aayi unhone apne dost rajkumar se koi contact kyu nhi rkha, wo to unka acha dost tha, to phir unka kya hua. Jab raj uncle itne bde aadmi ban gye to kya rajkumar uncle ne koshish to ki hogi na unse milne ki."

"Ha pooja, tumhari baat sahi hai bilkul, rajkumar uncle ne koshish ki hogi milne ki, lakin esa nhi hua. Raj uncle ne apni dusri dairy may ek rajkumar ka jikr kiya tha. Wo yahi rajkumar hai."

"Kya likha tha usme? Vishal"

"Yahi ki rajkumar uncle, raj uncle ki company ke director thy, aaj raj uncle ke baad rajkumar uncle hi unki company chala rhe hai. Sach may .... Pooja , pyar bhi dekh liya, aur dosti bhi dekh li."

Vishal apne ghar se chala jata hai, aur sidha rajkumar se milne ke liye. Wha wo unse milta hai, aur unki sabhi dairy unko deta hai, rajkumar bhi raj ki bahout tariff krta hai.

"Vishal, acha hua, tum ye dairy lekar aa gye, meri yaad aaj phir se taza ho gyi hai, main tumhara ehsaan kese pura kru.?"

"Ehsaan ki jarurt nhi hai rajkumar sir, bas kewal itna karna ki raj uncle ka name kabhi dubne na paye, kyuki unhne aapke liye jo kiya hai wo sayad koi dost kisi ke liye bhi nhi karta."

"Main janta hu vishal, raj ke bahout ehsaan hai mere upar, aur tum belive kro, main uska name kabhi dubne nhi dunga. Jab tak main jinda hu, esa kabhi nhi hone dunga. Tum chinta mat kro."

"Thanks sir, muje aapse yhi ummid thi. Ab main chalna chahta hu. Muje police head quarter bhi jana hai, kyuki raj uncle ka case mere pass tha, ab jab case solve ho gya hai to wha inform to karna hi padega ki raj uncle ne suside kyu kiya."

"Esi galti mat karna vishal, agar ye baat media ko malum pad gyi to tum to media ko jante hi ho, wo baat ko uchal sakti hai, isse raj ka name aur rashmi ka name kharb ho skta hai."

" Aapki baat sahi hai sir, to aap hi btao main kya kru? Mere liye jese raj uncle thy wese hi aap ho...please aap hi muje btao ki main kya kru?"

"Post martm report may to yhi aaya hai na ki raj nind ki goli khane se mar gya. To bas tum yhi bolo, ki nind ki goli overdose hone se raaj ki death ho gyi thi, kyuki usko company ko lekar kafi tension thi, aur usko nind nhi aati thi, isliye overdose medicine hone se uski death ho gyi, isse uska name bhi kharab nhi hoga."

"Thik hai sir, lakin main ek baat bolu"

"Ha bolo vishal, kya unki love story duniya ke samne nhi aani chaiye, isse logo ka pyar se viswas aur pakka ho jayega."

"Ye kam tum muj par chod do, main uski love story is duniya may jarur launga ek book ke jariye. Uski life ke bare may. Lakin abhi ye sahi waqt nhi hai."

"Ek baat aur sir, aapka name rajkumar hai, kya main aapko raj uncle bol skta hu.?"

"ha jarur, jab bhi tumhara maan kary tum mere pass aa skte ho."

Phir rajkumar ne vishal ko gale lga liya. Aur vishal wha se police head quarter chla gya.

" Aao vishal, I think tumne raj ka suside case solve kr diya hai. I am right?"

"Yes sir, unki death nind ki goli khane se hi hui hai."

"Vishal lakin ye report sahi nhi hai, tum jarur kuch chupa rhe ho."

"Ha sir, main chupa rha hu, lakin please media ko aap yhi btaiye, main nhi chahta ki media unka mazak udaye ki wo apne sapne ke liye ji rhe thy, jab unka sapna pura ho gya to unhone suside kr liya. Wo pyar ke liye ji rhe thy. Apne pyar ke sapne ke liye ji rhe thy. Please aap kisi se kuch mat bolna."

"Ok vishal , I understand, main wesa hi krunga, lakin wo ladki , unka pyar ka kya hua.?"

"Bas sir, itna jaan lijiye ki ...."

"HAR KISI KO JINDGI MAY PYAR NHI MILTA"

9 798889 860310

Printed by Libri Plureos GmbH in Hamburg,
Germany